中公文庫

青豆とうふ

和田　誠
安西水丸

中央公論新社

青豆とうふ　目次

青豆とうふ

まえがき

和田　誠

ぼくは安西水丸さんのファンです。同業者という点ではぼくの方が少しばかり先輩ですけど、こういうことは年齢とは関係がありません。いいものはいい、面白いものは面白い、美しいものは美しい。水丸さんの絵は、どれにも該当するんです。

そして彼の絵はのほほんとしている。一見、手を抜いているようにさえ見える。この「一見」というところがミソなんです。実は手を抜いているどころか周到に計算されたた「のほほん」であって、彼の作るものはふんわりと、あるいはじわっと、人の心に入ってきます。その上忘れられない何かを植えつける。油断がならない。真似《まね》しようとしても真似できるものではありません。

水丸さんは文章の達人でもあります。エッセイはもちろん小説も書く。文章を書くことはぼくも好きですが、創作は苦手です。たまに童話ふうのものを書くことはあるけれど、彼の短篇のようなエロティックな作品を書くことはできません。経験不足と言うんでしょうか。それはともかく、文章を書く、という点は共通しています。

二人ともイラストレーターですから、もちろん絵を描くことは共通項です。二人とも絵を描き文を書く。ということは、水丸さんの文章にぼくが絵をつけることができるわけだし、ぼくの文章に水丸さんが絵をつけることができるわけですね。そう思ったのが、この企画のそもそもの始まりです。二人で交互にエッセイを書き、書き手でない方がイラストレーターとして参加する、という連載をしようよ、とぼくが提案、水丸さんが「小説現代」に話をつけてくれて、企画が実現したんです。

エッセイはシリトリ形式で進行しました。「歌仙」形式と言った方がいいかもしれないですね。片方が書いた文章のおしまいの部分を引き継ぎながら、いつのまにか別の話題になり、そのおしまいの方をもう一人が引き継いでゆく。打ち合わせなしなので、お互いにどういうことになるかわからない。話の展開の先が読めません。したがって事前に書く材料を準備しておくことができない。相手の文章を読んで、挿絵を描きながら、次に自分が書くことを考えるという、なかなか面白くて得がたい経験をしました。

連載を始めるにあたって、タイトルをどうしようという話になります。二人ともいい知恵が浮かびませんでした。ある日水丸さんが、彼と名コンビでもある作家の村上春樹さんと食事をしながらこの話をして、「タイトルを考えてよ」と頼んだんだそうです。村上さんは「そんなこと、とてもとても」と言いながら、ふと「青豆とうふ」と口にされた。水丸さんは「それ、いただき」と言い、翌日それをきいたぼくも賛成して一件落着したわけですが、ちょうどその話題が出たときに村上さんが食べていたのが、青豆のとうふだったということです。ほんわかしていて、とてもいいタイトルですね。それにしても、青豆とうふを食べてくれていてよかったと思います。納豆つくねきんぴら添えだったらどうなっていたでしょう。

後日、水丸さんにねだってその店に連れて行ってもらいました。渋谷にある小ぢんまりしたカウンター割烹《かっぽう》料理屋さん。ぼくはさっそく「青豆とうふ」と注文しましたが、「あいにく今日は品切れです」とのことで、ぼくはまだこれを食べていないのであります。

はじめは安西水丸　ハゲの話

ある雑誌で、俳優のショーン・コネリーが、カツラはもううんざりだ、ハゲの方がいいと言っていて、なるほどなとおもった。

雑誌の記事によると、ショーン・コネリーは二十一歳くらいの頃から髪が薄くなりはじめたとか、あのジェームズ・ボンドに扮《ふん》した時もすでにカツラを付けていたのだという。しかしまあ、ショーン・コネリーくらいの面《つら》がまえなら確かにカツラはいらないだろう。

そういうことで外国人の役者を見てみると、あんがいハゲは多く、しかもみんなそんなに（まったく）おかしくない。ジャック・ニコルソン、ジョン・マルコヴィッチ、トミー・リー・ジョーンズ、ミシェル・ピコリ（まだいるとおもうが）と、みんな恰《かっ》好《こう》いい。

ハゲをあれこれいうのは、あんがい日本人だけではないだろうか。そういえば、インドネシアでデヴィ夫人が自分にあれこれ嫌がらせをする何《な》んとかという記者のカツラをむしり取ったとかいう記事を週刊誌で読んだことがあった。さすが、やるもんですね。

それで、ハゲをあれこれいう日本人のことだが、雑誌等の増毛の広告を見ただけでも、ハゲで悩んでいる人がいかに多いかがよくわかる。

「髪の薄いことなんか、気にすることはないのに」

以前、ぼくはやや頭のてっぺんの肌が見えはじめてきた友人にそれとなく言ったことがあった。

「そりゃあ、お前はいいよ」

友人に言われた。ぼくの家系は実に髪が豊富で、アルバムを開いても、女はともかく、男も多少白髪にはなるものの、しっかりと髪が頭を覆《おお》っている。むしろ髪の毛お化けといいたいほどだ。

そんなわけで、ハゲの予感のまったくないぼくが、ハゲを気にするなと言っても説得力がないらしい。

何かの本で、あの立派な白髪で知られる司馬遼太郎《りょうたろう》さんが、やはりハゲなど気にすることはないと書いておられたのを記憶しているが、これも同じように説得力がないとおもった。ふさふさ髪の人が、ハゲなど気にするなというのはむしろ嫌味になるらしい。

以前酒場のカウンターで、髪の薄くなった中年サラリーマンが、カツラを付けている同僚らしい男の悪口を言っていたが、言葉にはかなりの憎悪《ぞうお》が含まれていた。

「あのヤロー、恰好つけてカツラなんかかぶりやがってさ。俺なんか絶対あんなもん付けねえな」

「額のとこなんか、すぐにわかるんですよね」

いっしょにいる部下らしい若者は必死で相槌《あいづち》をうっていた。

ハゲであろうと、カツラを付けていようと、いいじゃないですかと、おもうのだが、これもハゲの予感のないぼくが言ってはいけないのだ。ものごとはすべてその人の身になってみなければわからないものなのです。

つるんつるんにハゲてしまったのなら仕方ないのだが、頭の側面に残った髪をぐーんと引っぱってきて、俗にいう九一分けにしている人もよく見かけるが、あれも何ん

だかいじましくて、そんなにまでしてハゲを隠したいのかとおもってしまうが、これもその人の立場になってみなければわからないことなのだろう。

以前、日蓮宗《にちれんしゅう》総本山のある身延《みのぶ》線の身延という駅で下車し、食堂でランチをとっていたら、ハンチングをかぶったゴロツキ不動産屋みたいな男と、どこかの土地の立ちのきを要求しに来たらしい役人風の男二人が話し合っているうちにハンチング男が急にすごい剣幕で怒り出した。

役人風の二人（中年と青年だった）は何んとかなだめようとしているものの、なかなか治まらない。ハンチング男は声を荒らげて中年の方を罵《ののし》った。

「この、ワカメをかぶって海の底から出てきたような頭しやがって、出直して来い、このワカメ野郎」

役人風中年男は、確に九一分けをしていたが、何もそこまで言わなくともと、ぼくはすっかり同情してしまった。

「おい、このゴロツキ不動産屋のハンチング野郎、てめえに人の髪の毛をあれこれ言う資格がどこにあるんだ、このハンチク野郎が」

と、ハンチング男に啖呵《たんか》を切ってやろうとおもったが、悲しいかな小心者のぼくにはできなかった。

もう十年以上も前のことになるけれど、小説家の村上春樹さんとアデランスというカツラを作っている会社を取材したことがあった。これは二人で工場見学の本（『日出《いず》る国の工場』一九八七年、平凡社刊）を作ろうという目的の仕事で、まず工場に出かける前、新宿にある本社であれこれとレクチュアを受けた。

この会社では、社員は「ハゲ」という言葉を使わず、「薄毛」と呼んでいたが、髪の毛というのは、手入れをよくするに越したことはないが、どちらかというと、ハゲになるのは遺伝からが多いとのことだった。

「遺伝ですね。ですから親が薄毛でしたら、やはり要注意ですね。お相撲さんで寺尾《てらお》という関取がいますが、お父さんの井筒親方（元関脇鶴ケ嶺《せきわけつるがみね》）は完璧《かんぺき》に毛がないですよね。ですから多分、寺尾関もああなるんでしょうね。例えば、ホームレスの人なんかで、髪がレゲエの歌手みたいにこびりついたりしている人がいますよね。つまり手入れがほとんどされていないんですが、彼らはそれでもしっかりと髪をキープされてますね。つまり薄毛は遺伝なんですね」

レクチュアをしてくれた部長さん（多分）はそんなことを言っていた。

この部長さんはとても男前で、髪もふさふさとあったのだが、ぼくと村上春樹さんが退室しようとすると、ちょっと待ってくださいと声を掛けてきた。

「実はわたくしも」

彼が実に慣れた手つきで頭からカツラをはずした時は正直驚かされた。うまくできているなあと感心した。

アデランスの工場は、新潟県の中条町《なかじょう》〔現・胎内市《たいない》〕にあって〔取材当時〕、ここはなかなかきれいな工場だった。工場に着いてまず案内されたのは髪質の検査をするところで、ここではぼくが実験台になることになった。検査といっても、いくつかの質問に答えるだけだが、どうもぼくの答は、どれも髪にとってよくないことばかりで不安だった。

○深酒をする。つまり毎晩酒を飲む。
○睡眠時間が少ない。つまり生活が不規則である。
○刺激の強い食べものを好む。つまり激辛でなければ食べた気がしないようなものばかり食している。
○野菜を食べない。つまり野菜を葉っぱと呼び、虫の食べものだとおもっている。

まあ、こんな具合だったが、ぼくの頭髪にハゲの予感がないのは、やはり家系なのかもしれない。ちなみにぼくの家は建築の設計事務所を代々やっており、祖父、父、兄（姉たちも）とみんな数学が得意なのに、ぼくにはまったくその遺伝はない。

これはアデランスで得た情報ではないが、カツラといっても頭髪だけではなく、あれこれあるらしい。例えば陰毛などのカツラもあるのだという。陰毛をカツラと呼ぶかどうかはわからないが、思春期になっても、これが出てこない女の子は多くはないが実際いるらしい。俗にマージャン用語からパイパン（ぼくは見たことがないが）などと呼ばれているが、これは男にはほとんどなく、女にはごくまれにいるのだという。

そういう女性がまず困るのは、修学旅行などでみんなといっしょにお風呂《ふろ》に入る時らしい。


「ユミ、お風呂行こう」

「わたし、ちょっと」

「いっしょに行こうよぉ」

「ちょっと、後で行くから」

「どうしてよぉ。マキもサユリもみんないっしょに行こうって言ってんのよ」

と、こんな具合にとっても困るのだという。そういう女の子のために陰毛のカツラ（と呼ぶかどうかわからないが）は開発されたらしいが、すぐつまらないことを考えてしまうぼくは、お湯をざぶりとかけた時にはずれてしまわないかとやや心配な気持も持っている。

よけいな心配というやつですよね。

また映画の話にもどるが、リュック・ベッソン監督の「グラン・ブルー」で国際的な評価を集めたジャン＝マルク・バールも、ラース・フォン・トリアー監督の「ダンサー・イン・ザ・ダーク」ではすっかりハゲてしまっていた（なかなか似合っているけど）。日本でも、もしも赤木圭一郎《けいいちろう》（古いですね）が生きていてハゲになったりしたらどんな感じなんだろうな、などとおもうことがあるが、まあ、これもよけいなお世話ですね。何ごとも自然のままがいいのではないでしょうか。

ここから和田誠　ハゲの話↓取材の話

ゲイリー・クーパー主演の「善人サム」という映画を観《み》たのは中学生の頃だった。

クーパーの役は無類のお人好《ひとよ》しである。どんなふうにお人好しかというと、例えばクーパーが停留所でバスに乗ろうとしている。通りの向うの方に、帽子をおさえながら走ってくる人が見える。クーパーはすかさずバスのステップに片足をかけ、靴の紐《ひも》を結び直す。運転手のイライラをよそに、走ってくる人のために発車を遅らせてあげようとするわけだ。ところが走ってきた人は、バスとは関係ない方に走り去ってしまう。

善意がから回りする、そんなエピソードがたくさんあって、クーパーは酒場で飲んで酔っぱらうのだが、どうしてお人好しのサムが酔っぱらうにいたったか、その原因はすっかり忘れてしまった。なにしろ中学で観て以来それっきりで、ヴィデオも出ていないような、出ているかもしれないが出ても話題にならないような映画なのである。

その酒場のシーンで、酔ったクーパーがバーテンの頭に手をのばす。髪を摑《つか》んで引っぱると、バーテンはツルツルのハゲ頭であった。それが中学生のぼくにはとても可笑《おか》しかった。どんなストーリーだったか憶《おぼ》えていないくせに、そのバーテンのハゲ頭は印象深いのだ。

自分の将来の毛髪のことなど考えることもない子どもなのに、観た映画の中のハゲ頭がしっかり記憶されているのは、やはりインパクトのある事柄だからなのだろう。

肉体的なことをギャグとして扱うコントや落語のたぐいは、昔はたくさんあったけれど、現在は差別的なものは当然のごとく禁止ないし自粛されている。けれどもハゲあるいはデブに関するものはまあ許容範囲であるらしく、ときどきお目にかかる。

ディーン・マーティンが元気な頃、テレビのショウでこんなコントをやっていた。マーティンはデパートの係員である。客がやってきて、商品に文句をつける（客を演じるのはあちらのテレビで人気のあるコメディアンだったが、名前は忘れてしまった）。

「商品は何ですか。どこにあるんですか」と係員。客は「帽子の下だよ」と答える。カツラなのである。

「妻が結婚記念日に買ってくれた。ＧＩ刈りのやつだ」

「若く見えていいじゃないですか」

「ところが先日パーティで、クラッカーにチーズソースをつけようとして下を向いたら、チーズソースの中に落ちたんだ。ほかの客はチーズを食べようとしなくなった。苦労してチーズの池からカツラを釣り上げて、家に帰って洗濯機に入れた。うちの洗濯機は窓があるやつで、子どもが見て喜ぶんだ」

「で、品物を返したいと？」

「いや、返したりすると子どもが怒る。洗濯機に入れてもいい丈夫なのと替えてくれ」

「そのカツラはハリケーンが来ても大丈夫な商品ですよ」

「私はアイオワに住んでいるからハリケーンの心配はない。チーズの中に落ちなきゃいいんだ」

こんなコントで、字で書くとたいしたことはないが、コメディアンが小声で恥ずかしそうにしゃべるのが絶妙にうまくて爆笑ものだった。相手をするマーティンがやたら吹き出すので、コメディアンが「君がジェリイ・ルイスとコンビだったたって本当か」などとアドリブを入れるのも可笑しかった。

話は変わるが、ぼくが小学生の頃に、こんな歌が流行《はや》った。

パーマネントに火がついて
見る見るうちに燃えだして
ハゲた頭に毛が三本
ああ恥ずかしい恥ずかしい

パーマネントはやめましょう

いやはやひどい歌である。こんなものを面白がって歌っていたわけだが、これは戦争中の話。「贅沢《ぜいたく》は敵だ」というスローガンが街に貼《は》られていた時代である。髪にパーマネント・ウェイヴをかけるのも贅沢なことだからやめろという、当時の国策に沿って作られたのかもしれない。

最近になってこういうことを思い出す。昔のことを思い出して、それを懐《なつか》しがったり得意そうに語ったりするのは、年をとってきた証拠だろう。

ある夜、酒場で友人夫妻と飲んでいるうち、いつのまにか昔ばなしとなり、ぼくは例のパーマネントの歌を歌った。「ハゲた頭に毛が三本」のくだりまできたら、友人の奥さんが「やめてよ！」と怒り出した。

ぼくはビックリしたが、彼女の夫は急速に頭髪が後退してゆくのを気に病んでいたのである。それをすっかり忘れていた。機嫌よく歌った歌が人を傷つけてしまうことがあるのだ。反省。

別の話。さる雑誌の取材で数人のクリエーターと旅行をしたことがある。民宿で雑《ざ》魚寝《こね》をした。早朝、ぼくが一人目を覚ますと、ぼくと頭を突き合わせて寝ていた某著

名文化人（特に名を秘す）の髪の毛が、湯殿で水野十郎左衛門《じゅうろうざえもん》に殺される時の幡随院長兵衛《ばんずいいんちょうべえ》のような、どうもはなはだしい具合になっていた。

その先生は、数少くなった頭髪の残された部分をうんと伸ばし、トグロ状に巻きつけて、若く見える状態を保っていた。それが寝がえりか何かのせいでほどけたのである。

それだけのことなのだが、同行した編集長に、目が覚めたらこうだったのでちょっとビックリした、と話したら、彼は面白がってそれに尾ヒレをつけて人にしゃべるのだ。

「マコちゃんはね（昔からの知り合いなのでそんなふうに呼ぶ）、朝起きたら、隣に知らないハゲ頭のおじいさんがいたので、驚愕《きょうがく》してギャーッと叫んだんだよ」

伝説というのはこんなふうにして出来上がってゆくのですね。

この編集長が語るこの手の話はとても多い。

「三島由紀夫に初めて会った時、三島さんはいきなり、君、こんなことできるかいと言って、片手で腕立てふせをしたんだ」と言う。「ふーん」とぼくは感心したが、別の日に別の人に語るのを聞いていると、「三島さんはいきなり、こんなことできるかいと言って、カモイに片手でぶらさがって懸垂《けんすい》を始めた」。

「おい、腕立てふせと懸垂と、本当はどっちだったんだよ」とぼくが追及すると、

「驚いたねえ、両方やるんだから」と答えた。

この編集長が生み出す伝説は、あまり罪がないのでつい許してしまうのだが、ジャーナリストによっては、うっかり取材を受けてひどい目に遭うことがある。

ぼくが初めて「麻雀《マージャン》放浪記」という映画を監督した、その準備中に取材に来た雑誌記者は、「同じアマチュア監督に××さんがいますが、あの人と同じような映画を作るのですか」ときいた。ぼくは「一人一人作るものが違いますから、同じような映画を作るつもりはありません」と答えた。

雑誌が出た。記事は「××と同じようなつまらない映画を作るつもりはありません」とぼくが答えたことになっている。仰天《ぎょうてん》した。××さんとは知り合いだし、こんな記事を読んだら怒るだろう。が、言いわけをするとかえってややこしいことになるような気がして、非常に困った。

立場が逆の例。

ぼくの二本目の映画は「快盗ルビイ」である。試写会があり、いろいろな人たちに

観てもらった。ジャーナリストも来ていて、お披露目パーティの取材をし、何人かのお客さんに映画の感想をきいていた。

その雑誌が発行された。急いでひろげると、ある大学教授が取材に答えて「今度の和田君の作品には格調がない」と語っている。

ぼくは少々傷つき、でもドタバタの多いコメディだから、教授の趣味には合わなかったのだろう、と自分をなぐさめた。

ところがすぐに教授からのハガキが速達で届いた。それによれば、自分はあの記事のようなことは言っていない。感想を求められたので〝彼は「麻雀放浪記」の時はモノクロで格調を出した。「快盗ルビイ」はカラーで洒落《しやれ》っけを出した〟と答えたんだ、ということであった。

教授はたいそう気のきいた言葉で映画を褒《ほ》めてくれたのだった。それを記者は教授が「快盗ルビイ」の格調については触れていないのを利用して、無理矢理逆の感想を作ったのである。

褒めるよりけなす方を喜ぶ読者に合わせる、こんな書き方もあるんだなあと感心……してちゃいけませんね。

ここから安西水丸　取材の話→フランク・ロイド・ライト

人に良かれとおもってした発言や、アンケートに答えた言葉が、週刊誌や雑誌にとんでもない形で発表されることはよくある。ぼくも何度かあったような気がするが、これといって思い出せないところをみると、それほどひどい被害にはあっていないのだろう。

一度、ある週刊誌で、「あなたにとって生涯最高の女優は」というアンケートが届いてはたと困った。そういえば、このごろははたと困ったなどという言い方をする人はいないですね。一瞬考え込んでしまったというわけで、結局ぼくはこのアンケートには答えなかった。

と、いうのは、ぼくも何人か女優に知り合いがおり、それぞれとても美しいのだが、生涯最高となると、これが難しい。それに誰か一人を選んだことで、なあんだ、水丸さんてあの人が好きだったのね、などとおもわれたくなかったのだ。つまり角を立てたくなかったというわけです。これが結果としてよかった。

その週刊誌が発売された頃、たまたま本屋の前を通ったので立ち読みしてみた。誰がどのような女優を生涯最高とおもっているのか興味があったのだ。

ページをめくっていて驚いたのだが、「あなたにとって生涯最高の女優は」とアンケートがきたはずなのに、誌面では、「あなたが生涯で寝てみたい女優は」になっている。とにかく胸をなでおろした。軽い気持でアンケートに答えるのはいいが、こういうことがあるから恐《こわ》い。

実はこのアンケートに友人である高名な評論家が答えていた。彼は面識のある某有名女優の名前を出していたが、あとで聞いたところ、アンケートの時とはまったく違う週刊誌のタイトルにびっくり仰天し、おもわず名前を挙げた女優に謝罪の手紙まで書いたという。

「やだ、あの人、わたしのこと、そんな風におもっていたのかしら」

確かに週刊誌のタイトルではそうおもわれても仕方がない。

「うれしい、ぜひ誘ってほしいわ」

なかには、選ばれたことを喜んだ女優もいたかもしれませんね。

まあそんな風に、自分の発言したことが、おもわぬ方向でマスコミに出てしまうことがあるので、これは気をつけなければならない。

ぼくなどは、昔気質《かたぎ》というか、親の仕付けなのか、どちらかというと、弁解めいたことは嫌いな方で、仕事などで、明らかに相手のミスであっても、出てしまった以上は自分の責任だとおもってしまう。誤植でも、印刷の色のミスでも、出てしまった以上はこれはやはり自分の責任だ。出版された本を持って、いちいち、この色の悪いのは、ぼくがこのように指摘したのに印刷所がそれを守らなかったからこんな色になってしまったのです、などと言ってはまわれない。自分の望まない状態で本などが出てしまった場合は、月刊誌（単行本なら再版を待つしかないが、これがほとんど再版にはならない）なら一ヵ月の間、じっと家に閉じこもって時間のすぎるのをひたすら待つことにしている。言いわけが嫌なんですね。くどいようだが、マスコミの解釈は、出てしまった以上よほどのことがないかぎり修正がきかないので不気味だ。これも一種の不条理なのだろうか。

マスコミの解釈云々《うんぬん》は別として、このごろやたらとアンケートに協力を、といったファックスが多い。おそくまで仕事をしていると、夜なかにするすると、ファックスが流れてきたりして、ワインの酔いと同じで何んだか浴衣《ゆかた》の身八口《みやつくち》あたりからしのび込んでくるようで潔《いさぎよ》くない。

特に二〇〇〇年のあたりはあっちこっちから「二十世紀最後にあたり……」といったアンケートが多かった。

「あなたにとって二十世紀最高のスター（男優、女優ともに）は」

「あなたにとって二十世紀、素晴しいとおもった三本の映画は」

「二十一世紀につたえたい映画十本は？」

「あなたが今まで感動し、二十一世紀に残したいとおもっている小説三本」

「あなたにとって、二十世紀における映画のベスト10は」

と、まあざっとこんなアンケートが連日あちこちからファックスで入ってきた。アンケートの集中豪雨だった。

こういうアンケートで難しいのは、例えば映画などになると、「ベスト10」と言われても、映画には芸術タイプのものやアクションタイプのものとかがあって、それをひっくるめるにはちょっと無理がある。仮りに一番「甘い生活」、二番「ナバロンの要塞《ようさい》」、三番「去年マリエンバートで」、四番に「あなただけ今晩は」なんてきたら性格を疑われそうになる。映画の傾向をしっかり決めてアンケートを求めてほしいもの

だ。でも、もしかしたら、好きな映画なのだからばらばらになっていても面白いのかもしれませんね。考えすぎかな。

その他にもアンケートはいろいろとあった。

「あなたの好きな温泉旅館ベスト3」
「あなたが今まで宿泊した外国リゾート地のホテルベスト5」
「好きな日本酒の銘柄ベスト3」
「日本で飲んで美味《おい》しいとおもったワインのベスト3」
「酒の肴《さかな》ベスト3」
「今までに読んだ漫画ベスト10」
「好きなアニメーションのキャラクターベスト5」
「好きなジャズの名曲ベスト5」

ちなみにこのアンケートのトップにはウィントン・ケリーの「ウィロー・ウィープ・フォー・ミー」を、二番目にデイヴ・ブルーベック・カルテットの「カルカッタ・ブルース」を、三番目にウォルター・ビショップ・ジュニア・トリオの「スピーク・ロウ」を入れたりした。しかし、これも考えてみればかなりばらついている。

アンケートは、まあこんな具合にあれこれと入ってくるのだが、たいていの文面の冒頭に、各界の著名な方々の御意見をお訊《き》きいたしたくとかあって笑ってしまう。著名だからといって、その人たちが果してどれほど見識のある意見を持っているのだろう。疑わしいものだ。

今年になっての新しいアンケートは、友人の勤務する建築関係の出版社からのものだった。

「二十世紀における、あなたの好きな建築家ベスト3」

このアンケートに対し、ぼくは無難な線で答えを返した。

①ル・コルビジェ②フランク・ロイド・ライト③アントニン・レーモンド（このあたりは渋いですかね）

まあ、あたりさわりのない答えといっていいだろう。

このなかで、二番目に入れたライトという人は、日本の旧帝国ホテルの設計者として知られている。とても女性にもてた人らしい。旧帝国ホテルの仕事をしたのも、アメリカの禁酒法時代、暗黒街の帝王といわれたアル・カポネの情婦に手を出し、カポネのさし向けた刺客から逃れるためにはるばる太平洋を越えて来たことがきっかけらしい。カポネの追及は厳しく、東京が危くなった彼は、日本の友人の勧めで栃木県の大谷《おおや》に隠れ住んだという。大谷ではのんびりとくつろいだ日々をすごしていたのだが、当然のようにお金が底をついてくる。

ちょうどその頃、建築関係の友人からホテル設計の仕事が舞い込んだ。

彼が旧帝国ホテルの仕事に関《かかわ》るに至った話だが、これが事実かどうかはわからない。だいぶ昔に、週刊誌のコラムかなんかで読んだ話だ。冒頭にもどるわけではないが、とにかく週刊誌での話だから……。

それでも、ライト氏の女性好きは（悪いことだとはおもっていませんよ）有名なことだし、大谷にいたことが事実だとしたら、旧帝国ホテルにはふんだんに大谷石が使われているし、あんがいほんとうの話かもしれません。

建築家の話が出てきたから書くわけではないが、この職業の人には実にマオカラーのシャツの愛好者が多い。マオカラーというのは衿《えり》のついていないシャツで、詰め衿風のものもある。

このシャツの愛好者は、建築家に限らず、音楽家（主に作曲家）、小説家、グラフィックデザイナー、写真家といった、俗に文化人と呼ばれる人たちに多い（特に建築

Frank Lloyd Wright

家に多く、九十パーセントの建築家はマオカラーのシャツを着ている）。

別にマオカラーのシャツが悪いといっているわけではないけれど、文化人と呼ばれている人々のそれはどこかクサイ。自分は普通の人じゃない、といった主張がぷんぷんしていて温度を下げていく。写真など見ると寒くなる。

ちなみにぼくはこのシャツが大の苦手。まあ、よけいなことでしたね。

ここから和田誠　フランク・ロイド・ライト↓カレル・チャペック

街を歩くと嫌でもさまざまな建物が目に入る。ヴィジュアルがらみの仕事をしている人間なら建築物に関心を寄せるべきなのだろうが、ぼくの場合は興味の持ち方がかなり稀薄《きはく》で、建築家の名前もほとんど憶《おぼ》えない。

それでもフランク・ロイド・ライトの名前は高校時代から知っていた。「イヴの総《すべ》て」で評判になったアン・バクスターいう女優について「彼女は帝国ホテルの設計などで知られるフランク・ロイド・ライトの孫娘である」と映画雑誌に書かれていたからだ。

ぼくは「おたく」という言葉が発明される以前の「映画おたく」だったので、ちょっとした知識はほとんど映画から仕入れたものである。「アパッチ族は夜は襲撃しないがコマンチ族は違う」というような、役に立たないものばかりだけれど。

フランク・ロイド・ライトの名をきいて思い出す映画は「北北西に進路を取れ」である。スパイのジェイムズ・メイスンの岩山にある別荘は、ライトが設計した家をモデルにしたのだと、監督のヒチコックが語っている。

建築家を描いた映画に「摩天楼」というのがある。ゲイリー・クーパー演じる主人公は、妥協せずに理想を貫く男で、それゆえ仕事が少い。

ある企業主が巨大な自社ビル建築を計画する。設計を依頼された建築家はいい知恵が浮かばず、友人のクーパーに助けを求める。クーパーは金も名前もいらない、ただし設計を変えないこと、という条件で引き受ける。

友人の名のもとに、いい設計ができたが、企業の重役たちはもっと装飾を多くしろ、などと言いだす。約束の手前、友人の建築家は困るが、結局妥協してしまう。

完成間近のビルはおかしなデザインになっている。交渉してもらちがあかず、クーパーは怒り、建設中のビルを爆破。当然逮捕され、裁判となる。

クーパーは法廷で長い長い演説をする。創造がどんなに貴重なものか、妥協することがどれだけ人間の尊厳を失うか、といった内容で、それが陪審員を感動させ、無罪を勝ちとる。

少々強引な物語だが、クリエイターのオリジナルを尊重するという主題が高校生を感心させたのか、ぼくの記憶の中では評価が高いのだ。

映画の中の建築家は理知的でカッコよく描かれることが多い。「十二人の怒れる男」のヘンリイ・フォンダは少年犯罪を裁く陪審員の一人。十一人が有罪を主張するのに対し、少しずつ疑問を提出して、全員を説得してしまう。

夏の暑い日の物語である。彼らは裁判所の一室にこもって討議をする。冷房装置はなく、扇風機も動かない。彼らは汗だくである。

一人だけ「私は汗をかきません」と言う冷静な男がいる。野球を見に行くので早く帰りたい男もいる。広告代理店の男は討議中に自分が考えたキャッチフレーズを披露している。

議長役を買ってでた男は、半袖のワイシャツにネクタイをしていた。今なら珍しくもないスタイルだが、この映画が日本で公開された一九五九年の時点ではぼくには奇

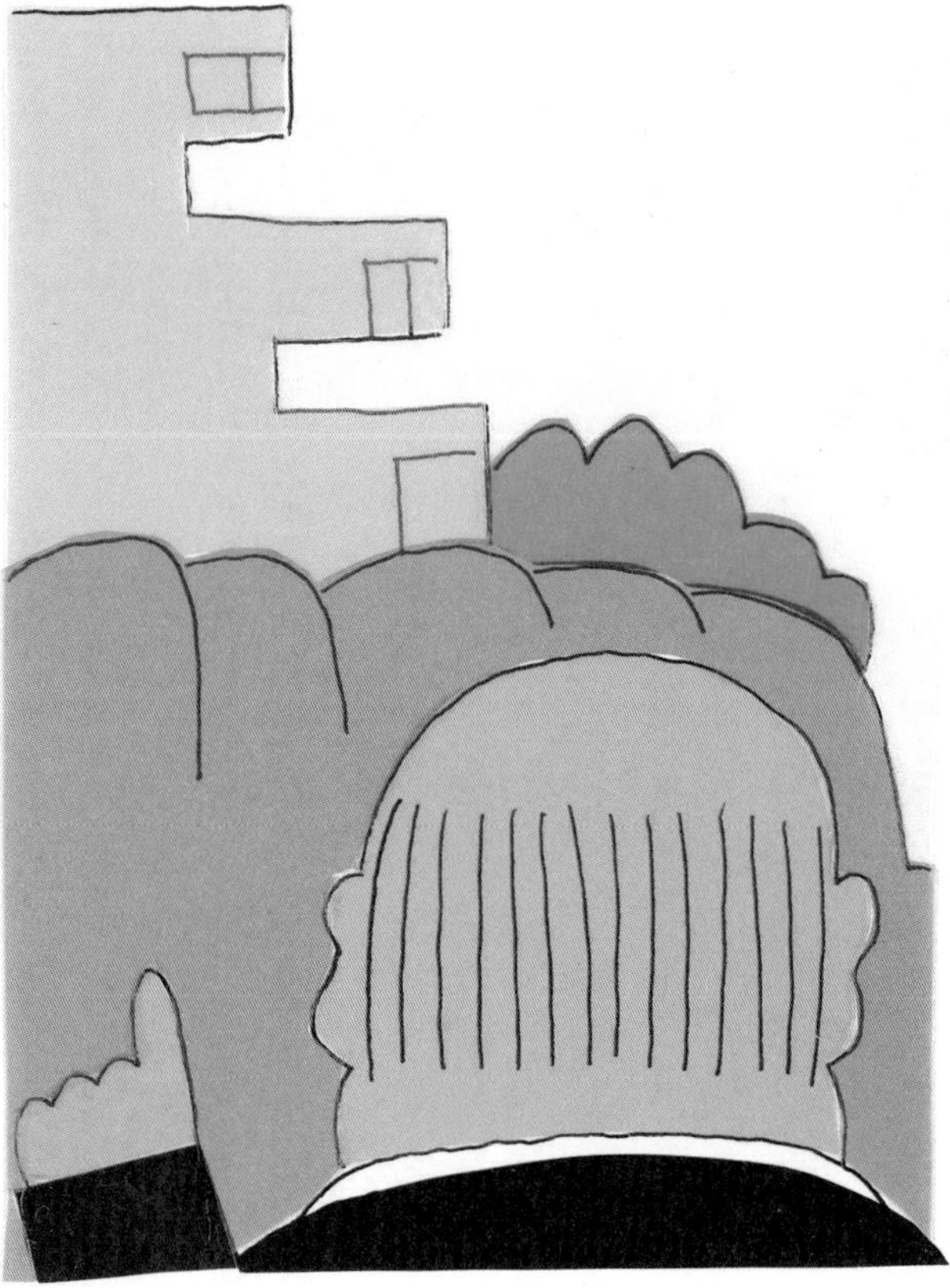

妙に思われた。暑いから半袖になるのだろうに、どうしてわざわざネクタイをするのか。矛盾した服装だと感じたのだ。そもそも半袖のワイシャツというものが、日本には存在しなかったような気がする。

まもなくぼくは社会人となり、デザイン会社に勤めた。ある時、東洋レーヨンが半袖ワイシャツを「セミ・スリーブ・シャツ」という名のもとに売り出すことになって、その広告を手がけたのだった。

同じ時期にテイジンも半袖ワイシャツを発売。「ホンコンシャツ」という名称であった。何故《なぜ》ホンコンなのかよくわからないが、知名度はそちらの方が上だったのではないかと思う。

ぼくが勤めていたデザイン会社は、お洒落《しゃれ》な先輩が多かった。しかも二枚目で、モデルだってやれる。実際ぼくたちは、手がける広告に彼らをよく登場させていた。

新入社員のぼくも彼らの影響を受けて、お洒落を心がけた。当時流行のアスコット・タイを首に巻き、レイバンのサングラスをかけ、細巻きの葉巻をくわえたりしていたのである。

まもなくそんなことをして板につく人とつかない人がいることがわかり、ぼくは板につかない部類に属することが明白になったので、服装やら小道具に関心を持つことをやめてしまった。

その頃からぼくはジーパン党となった。当時は今よりもジーンズを手に入れるのは楽ではなかったけれど、折目をつけたりする面倒がないので大好きになり、毎日のようにジーパンで会社に行った。そんなサラリーマンはあまりいなかったと思う。今は一年のうち三百六十日以上ジーパンである。はき潰《つぶ》したジーパンは数知れず。

夏場はTシャツ、冬場はトレーナーで過ごすことが多い。Tシャツもトレーナーもぼくが絵を描いたものがたくさんあって、タダでもらえる。服装にはほとんど金がからない。

そんな具合で、お洒落には関りなく生きているのだが、おのずと選択もあり、着ないものがある。マオカラーというのもその一つである。

美術学生時代はベレーをかぶって学校に来る同級生もいた。絵描きはみんなベレーをかぶると思っている人もいるし、漫画に登場する絵描きはたいていベレーをかぶっているが、ぼくはもちろんかぶったことがない。「もちろん」を強調しておきたい。

ネクタイは一年のうち何度かする。ネクタイをしても、下はジーパンということが多い。ジーパンの下はスニーカーである。

　ネクタイの中にはループタイというのがある。紐《ひも》でできていて、留金のついたやつ。あれがぼくはまったく理解できない。

　似顔絵を描くために、ぼくはいろいろな人の写真を見る。映画俳優などは名前と顔を同時に憶《おぼ》えるわけだが、作家、評論家、哲学者など、名前はよく知っていても顔は知らない、という人もたくさんいる。

　必要があって、ＳＦ作家のアイザック・アシモフの写真を見た。その写真によれば、アシモフはループタイをしている。びっくりした。かなり知的な小説を書くアシモフと、あまり知的な感じがしないループタイとの結びつきが意外だったのである。

　もっとも、ループタイが知的な感じがしないというのは根拠のない偏見である。アシモフのおかげで偏見が少し薄らいだ。自分がしてみようとはまだ思わないが。

　アシモフはロボットが登場する小説で有名である。代表作は『われはロボット』であろうか。

　その本でアシモフは「ロボット工学の三原則」というのを巻頭に掲げている。第一条はロボットは人間に危害を加えてはならないし、人間に迫る危機を看過してはいけ

ない。第二条は、ロボットは人間の命令に服従すること、ただしその命令が第一条に反する場合はその限りではない。第三条は、第一条第二条に抵触しない限り、自己を守ること、というものである。

それゆえ、アシモフの書くロボットは人間に優しい。原則と自分の行動が矛盾してしまって悩むロボットもいる。時には人間に忠実であろうと努力するロボットが哀れになる。

アシモフ以外にもロボット小説はもちろんたくさんあるし、漫画にも映画にもロボットは大勢登場する。

「鉄腕アトム」や「スター・ウォーズ」のR2-D2、C-3POなどは人間に忠実なロボットだが、「ターミネーター」でシュワルツェネッガーが演じたのは目茶苦茶怖いロボットだった。「スペース・サタン」という映画に出てくるロボットも骨組だけのくせに意志を持っていて相当恐ろしい。

ロボットの名付親はチェコの劇作家カレル・チャペックとその兄ヨゼフだそうである。カレルは戯曲「RUR《エルウーエル》」で、労働用に作られたロボットたちが反乱を起こす物語を書いた。

人間が創ったものに人間が滅ぼされる、というのは「フランケンシュタイン」、あるいはそれ以前からのテーマである。

コンピューターが発達した現在、ロボットとコンピューターの境界はあいまいになっているような気がする。映画「２００１年宇宙の旅」では、ＨＡＬという名のコンピューターが反乱を起こした。

コンピューターは確かに便利だが、これから先、コンピューターが人類に対して何かしでかさないとは限らない。そう思うとかなり怖い。

ここから安西水丸　カレル・チャペック→理科室の人体模型

数年前、某航空会社から依頼された機内誌の仕事でチェコのプラハに行った。ここは作家カレル・チャペックの生れた街で、彼はロボットの命名者として知られている。ロボットの登場した作品は、彼独得のユートピア的喜劇「ＲＵＲ」で、ロボットは万能機械人間として登場している。彼の小説には「絶対子工場」とか「山椒魚《さんしょううお》戦争」、「白い病」などと、非人間化、全体主義の危険に対し、空想と風刺で抗議したような作品が多い。

　プラハでは彼の小説に出てくるロボットの置物を土産に買った。

　ロボットは、ぼくの小、中学時代、つまり昭和三十年前後は、少年雑誌の漫画にさまざまな形で登場している。

　漫画ではじめてそれらしきものを見たのは阪本牙城《がじょう》の人気漫画の主人公「タンク・タンクロー」だった。これはロボットといえるかどうかわからないが、ぼくには何となくそう見えた。

　ロボットものに火をつけたのは何といっても手塚治虫《おさむ》の「鉄腕アトム」だろう。とにかく昭和三十年前後にはあれこれとスタイルを変えたロボットの登場する漫画があふれていた。

「鉄腕アトム」がロボットものの横綱だとしたら大関は「鉄人28号」だろう。その他にもロボットの出てくる漫画としては桑田次郎の「鉄人ブラック」、久米《くめ》みのる原作で金田光二が絵を担当した「電光人間」、板井れんたろうの「火炎人間」と、ここに書ききれないほどあった。一つのロボット漫画が当ると、それっとばかりにあちこちから亜流が現れるというふしぎな時代だった。ロボットの出てくる漫画は、たいてい

がミステリーがらみのアクションものだったが、ロボットがユーモラスな活躍をする前谷惟光《これみつ》の「ロボット三等兵」はどこかで戦争を茶化していておかしかった。

ぼくは熱心な「鉄腕アトム」のファンではなかったが、ここに出てくるロボットのなかではプラチナのファンだった。プラチナはゴルゴニア最高の英雄で反政府組織のリーダーということになっていた。口調はべらんめえで、彼の攻撃法は自分の身体《からだ》をくるくると激しく転回させボウリングのボールみたいになって敵に体当りして粉砕するといった強烈なものだった。ちなみに彼の父親はゴルゴニア連邦人で幽霊製造機を発明したパブロス博士。彼がお茶の水博士と共にペンシル大学を落第したという設定がおかしかった。

ロボットの登場する漫画は今も人気が高いが、比較的最近のものでぼくのお気に入りは石ノ森章太郎原作による「人造人間キカイダー」のキカイダーだ。キカイダーの魅力は左右非対称、頭部段違いという不完全さというか、一種グロテスクなデザインがふしぎな美しさを感じさせるところだろう。不完全な良心回路によって、善と悪の狭間《はざま》で苦しむ姿はどこか現代的といっていい。サイドカーを操るのも日本のヒーローとしてはめずらしい。

ロボットというのは冒頭にも書いたとおりカレル・チャペックが命名者だが、これはロボタからきており、チェコ語で労働という意味がある。

映画に出てくるロボットの始祖は、一八九七年に製作された「道化と自動機械」だというが、フイルムが現存しておらず、従って内容は不明となっている。

アメリカ映画では一九〇七年にスチュアート・ブラックトンが監督した「機械彫像と器用な召使」が最も古いらしい。

ロボットというと、「スター・ウォーズ」のC-3POとかR2-D2を想像するけれど、このごろの映画に登場するロボットは人間とほとんど変らない形をしている。

ごく最近では、一九九九年に「アイズ・ワイド・シャット」を最後に世を去ったスタンリー・キューブリックが長年暖めていたもので、スティーブン・スピルバーグが監督した「A.I.」だ。ここには人間とほとんど変らない（あるいは人間より優れている）人工知能を持った少年ロボットが登場する。この作品には美男役者のジュード・ロウが人間の女性に奉仕する男性ロボットの役で出演している。こんなハンサムロボットがあちこちに出まわってきたら、世の男たちはどうなるのだろうか。ついよけいな心配をしてしまう。

ロボットの話ではないが、もう大分前のこと、小説家の村上春樹さんと工場見学の本を作ろうと日本のあちこちにあるふしぎな工場を訪ねてまわった。最初に出かけたのが京都の郊外にある人体模型を作る工場だった。

ここには、小学校の理科室にあるあの人体模型をはじめ、頭だけとかお尻《しり》だけとか、さまざまな人体模型があったのだが、今でも一番印象に残っているのは「ケイコ」という名前の女性の人体模型だった。全裸で横たわっていたのだが、身長一六二、三センチといったところで、年齢は二十代後半ほどに見えた。なかなかの美人だった。

ケイコさんの身体は部分的にはずれるようになっていて（変なことを考えないでくださいね）、あちこちが研究できる仕組になっていた。こういうのをマニアックに好む人もいるんだろうなとおもったけれど、あんまりケイコさんのそばにばかりいると、また村上（春樹）さんに何を書かれるかわからないので離れることにした。

人体模型は、あれこれとシミュレーションに使われたりするとかで、助産婦志望者などにはとても重要な役割をはたすのだそうだ。広い台の上には妊婦のお腹《なか》だけとか、胎児とかがいろいろ置かれていた。ちょっとホラーの世界に近い雰囲気もあったことは事実だった。

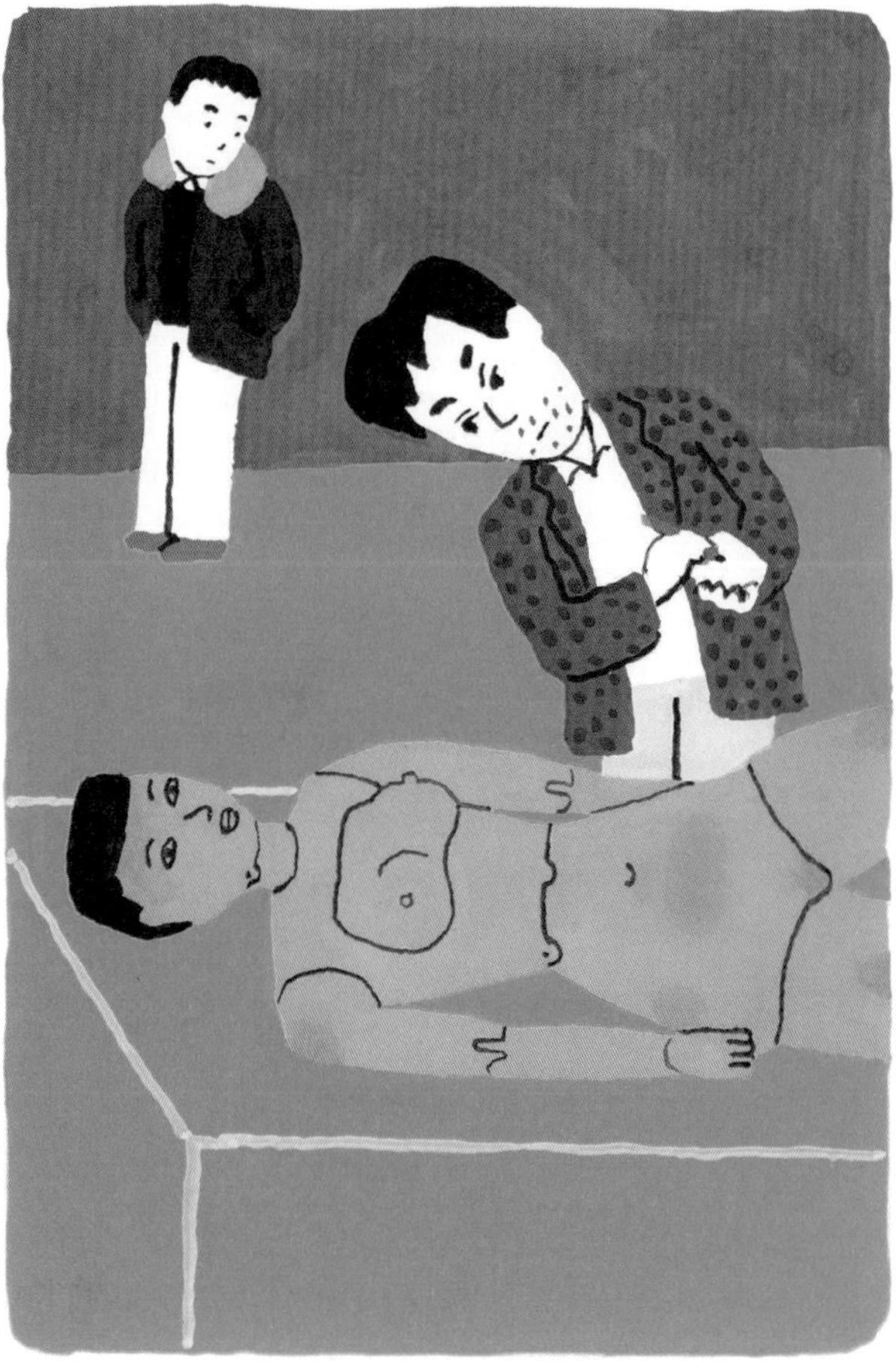

人体模型は、ぼくの小学校の理科室にもあった。小学五年生の時だったが、ちょっと調べたいものがあってその部屋へ入った。調べたものをノートに書き写し、出ようとしたところふと人体模型が目に入った。気味悪いなとおもったのだが、そうなると何故《なぜ》か手を触れたくなるのがぼくの良くない性質だ。つい手をのばしたところ、ぽろっと何かが一つはずれて床に落ちた。慌《あわ》てて手に取ると何と腎臓《じんぞう》だった。

「肝腎かなめ」と言われるくらいに、腎臓は肝臓や心臓と共に人体でも特に重要な部分で、それがはずれてしまったのだ。もどそうとしたのだが焦《あせ》っているためなかなかもとの位置にはまらない。

そんな時、廊下から足音が近づいてきた。急いで腎臓を学生服のポケットに入れるとガラリと理科室の引き戸が引かれ小畑という狂暴で知られる教師が入ってきた。

「何しとる?」

小畑教師は九州出身だった。

「明日の予習で調べたいことが……」

と言って、何とかその場をつくろった。

いつもとにもどそうか、そのチャンスを狙《ねら》っていたところ、校内で人体模型の腎臓が誰かに盗まれたという噂《うわさ》が広まり、ひたすら焦った。盗んだわけではないが、まあそういうことになっても仕方がない。

そんな折り、「母の日」の催しもので五年生を中心に人形劇をやろうということになり、ぼくはその脚色と人形作りを担当させられた。出し物は芥川龍之介の「杜子《とし》春《しゅん》」と決った。

当時はまだ脚色なんて言葉すら知らなかったので、親戚《しんせき》の高校生に手伝ってもらうことにした。

人形は指人形で、それは紙粘土で作り、ぼくの他にクラスの女の子二人が手伝うことになった。

どこを作業場にしようかという話になり、ぼくはすかさず理科室を借りたいと申し込んだ。放課後のことだし、それはすぐに了承された。

人形を作る日は朝からどんよりとした雨雲が広がり、昼すぎあたりから雨が落ちてきた。

放課後になると雨はざんざん降りになった。今日こそ腎臓をもとにもどそうとおもっていたので、廊下の誰もいないところで鞄《かばん》から人体模型の腎臓を出しポケットに入れた。

職員室へ鍵《かぎ》を借りにいき（書き忘れたがこの部屋へ入るには先生に言って鍵を借りなくてはならない）理科室へと入った。

電気のスイッチを入れると、部屋の隅にある人体模型が気味悪い顔でこっちを見ていた。手伝いの二人はまだ来ていなかったので、素早く行動に移った。どういうわけかこの日はかっちりと腎臓は人体模型に納まった。

ふう。ぼくは胸を撫《な》で下し、窓ガラスを打つ雨の音を聞いた。

十分ほどして二人の女の子がやって来た。

「あ、人体模型に腎臓がついてる」

二人が素頓狂《すっとんきょう》な声で言った。

ここから和田誠　理科室の人体模型↓美空ひばり

小学校五年生か六年生の一時期、ぼくたちのクラスだけ理科室を普通の教室として使っていたことがある。たぶん教室の数が足りなかったのだろう。

人体模型は置いてなかったが、水道の蛇口つき流し台が六つほど、教室の中にニョキニョキ立っていた。試験管などを洗うのに使うのだろうけど、通常の授業には必要ないものだ。

教室としては奇妙で、担任の先生は困ったかというとそうでもなく、クラスを六班に分けてそれぞれ流し台を囲むように坐《すわ》らせ、各班で好きなテーマを選んで研究しなさい、といった課題を出して楽しそうだった。

教室が足りない、と言えば「二部授業」という言葉を思い出す。生徒数に比べて教室が圧倒的に足りない時、学校側は生徒を午前組と午後組に分けて登校させる。一つの教室を二つのクラスが使うのである。

ぼくが二部授業を初めて経験したのは戦時中だった。

大阪の職場に勤めていた父親が戦争たけなわでクビになり、家族と東京に戻ったので、小学校（当時は国民学校）三年生になろうとしていたぼくは東京の学校に転校する筈《はず》だったが、東京の学校は集団疎開《そかい》に出かけたあとで、急遽《きゅうきょ》まだ見ぬ遠い親戚の家に縁故疎開という名のもとにあずけられることになった。

そこは千葉県で比較的東京に近く、今は都会化していると思うけれど、当時は草深い農村だった。

　で、ぼくが新参ものとして入った学校は軍隊が兵営として校舎の半分を占領していて、生徒たちは二部授業を強いられていたのである。

　その部隊は馬をたくさん飼っていて、馬に与える草を生徒が刈ってくることになっていた。農村だから各家庭に草刈り鎌《がま》と背負い籠《かご》がある。籠に一杯、草を刈って入れてくる、というのが登校前の義務であった。

　土地の子はみんな平気で草をしょって登校してくる。町の子のぼくは草刈り鎌など持ったことはない。初日にいきなり向うズネを切ってベソをかいた。背負い籠を草で一杯にするなど無理なのだ。

　担任の教師は毎日生徒に「お前はどのくらい草を刈ってきたか」ときく。「籠一杯」と答えればよし、「籠半分」だとぶん殴る。ぼくは実際は「籠の底の方にチラホラ」なのだが、正直にそんなことを告白したらどんな目に遭わされるかわからない。といって「籠一杯」は気がひけるので「籠半分」と答えて殴られていた。

　戦争が終わり、東京に戻ってきて、もともと入る筈だった小学校に転校。そこで教科書にスミ塗り（若い人は知らないだろうが、戦時中に使っていた教科書の軍国主義的部分を各自スミで塗りつぶす）などやらされたのだが、まもなくその学校が火事になった。

放課後のことでぼくは家に帰っていたが、近所だから急いで見に行った。消防車が消火に当たっていた。しかし木造校舎はよく燃える。消し止めた時は校舎の半分が焼け落ちていた。

さて帰ろうかと、消防車をぼんやり眺めていた。学校の横に川が流れていて、消防車は川から水を吸い上げていたらしい。その水の余った分をホースで放出している。と、どういうわけか、ぼんやりしていたぼくの方にホースの水が飛んできた。その水をまともに食らって、ぼくは二、三メートル先の地面にたたきつけられた。

ぼくがチビだったせいもあるが、消防ホースから出る水の勢いは凄《すご》い。その時は余った水を捨てていたのだから、消火の時の勢いとは比べものにならないのだろうが。

そんなわけで校舎が半分になったので、今度の学校でもまた二部授業を余儀なくされたのである。最初に書いた理科室を使った時は校舎はもう復旧していたと思うけれど、火事の余波があったのかもしれない。

中学は戦災の焼跡の中に建った新制中学だった。ここでは二部授業はなかったが、進学した高校は入学直前にこれまた火事で全焼した。仕方なく近所の高校に間借りすることになり、あちらの生徒と半々で、また二部授業であった。妙なことがついて回る。

社会に出てからは、学校と名のつくものに足を踏み入れることはほとんどない。先生や講師を頼まれることはあるけれど、みんなお断りしている。先生は似合いませんから。

仕事で学校に行ったことはある。

山口百恵の人気絶頂期に、篠山紀信《しのやまきしん》と組んで当時のアイドルたちをテーマに写真と絵のコラボレーションでムックを作った。

フィンガー5がぼくの描いた月に乗っているとか、浅田美代子がぼくの描いたドラキュラにおびえているとか、天地真理のシルクハットからぼくの描いた象が出てくるとか。

山口百恵は学校がテーマだった。理科室で人体模型と並ぶ女学生姿の百恵ちゃんの写真はなかなかよかった。ほかの一枚は百恵ちゃんが誰もいない学校で黒板に絵を描いているところ。その絵をぼくが描いた。休みの日に借りた学校に篠山君と行き、黒

板に絵を描く。やがて百恵ちゃんが現場に来て、チョークをぼくの絵にあてて描いているふりをするという段取り。

その日のぼくは別の仕事もひかえていて、百恵ちゃんが到着するのを待っていられなかった。一瞬の差ですれ違い、そのまま未知の人でいる。彼女はすでに普通の奥さんだから、余程の偶然がない限り出会えないだろう。

知り合いの舞台演出家が「これから越路吹雪《こしじふぶき》さんと麻雀《マージャン》をやるんだけどメンバーが一人足りないから来ないか」という電話をかけてきたことがある。あまり急なので断った。越路さんとも出会えぬままになった。

美空ひばり。この人とも出会いのチャンスを逸した。

タモリが「今夜は最高！」というテレビ番組をやっていたことがある。構成演出の高平哲郎《たかひらてつお》さんとうちの夫婦が食事をした時、高平さんが「ひばりさんがあの番組なら出てもいいと言っているらしい」と話した。

うちの奥さんは猛烈なひばりファンである。それを聞いて、「それが実現したらスタジオの隅で見学させて」と頼んだ。髙平さんは「いっそのこと共演する？」と言った。妻は「ウソ！」と言いながら涙を流して喜んだ。

それから数ヵ月後のある日、テレビ局のディレクターから電話があった。「うちの番組におたくの奥さんの出演を依頼したいのですが、構成作家から条件が出ています。それは和田さんも出演することです」というのだ。

詳しくきくと、台本には、タイトル前、和田事務所に電話がかかる。和田が出る。テレビ局から「奥さんと美空ひばりさんが共演することになりました」という知らせ。和田驚き、妻に「大変だ！　お前がひばりさんと共演だ！」とセリフを言う、となっているそうだ。

「とんでもない。ぼくは役者じゃないからそんなことできません」と言った。相手は「それだと奥さんに出演をお願いできなくなります」と答える。

ぼくの頭に涙を流して喜んだ妻の顔が浮かんだ。ここで断固断ったら家庭争議になる。仕方なく引き受けた。

さて定められた日の定められた時間にテレビ局に行くと、和田事務所のセットが組まれている。壁にはスケジュール表の黒板が掛かっていて、どう見てもタレント事務所である。それだけははずしてもらったが、あまり文句を言って「じゃ結構です。お引きとり下さい」なんてことになったら大変だ。

下手糞《へたくそ》ながら台本通りセリフを言って、それでおしまい。タイトル前の数秒で、もうぼくの用はすんだのだ。妻はスタジオ入りしているが、ひばりさんはまだ来ない。仕事もあるし、スタアに会わずに帰ることにしてエレベーターに向かうとエレベーター前にテレビ局の偉そうな人がハの字形に並んでいる。一瞬ぼくを送り出してくれるのかと思ったがもちろんそんなことはない。ひばりさんを迎えようとしているのである。

ディレクターにそっと「もうすぐ来るんですか」ときいたら、「いやまだ時間ははっきりしません」という答。それでもハの字の偉い人たち。彼女はそれほど大物だったのだ。

そのエレベーターに乗ってしまったぼくは、ひばりさんともついに会わずじまいとなった。

共演した妻は「とてもいい人だった」と感激していた。握手した掌《てのひら》には香水がついていたそうで、それがこちらの掌に移り、妻は「もったいない」と数日手を洗わなかった。

ここから安西水丸　美空ひばり↓ワールド・トレード・センター

昭和を代表する大スターといったら、まず美空ひばりの名前が上ってくる。この人のレコード第一作は佐々木康《やすし》監督の「踊る龍宮城」という映画の主題歌「河童《かっぱ》ブギウギ」だというが、聞いたことがない。

姉が五人もいたので美空ひばりの映画はよく連れられて行ったが、あまり記憶がないのは、まだ子供だったことと、男の子の目にはきっとつまらなかったのだろう。彼女の映画で一番古い記憶は鞍馬天狗《くらまてんぐ》ものの一つ「天狗廻状」だ。鞍馬天狗には嵐寛《あらしかん》寿郎《じゅうろう》、美空ひばりは角兵衛獅子《かくべえじし》の杉作少年に扮していた。一九五二年の映画だからぼくは十歳だった。

その後しばらく、今風に言えば美空ひばりにハヽマッテヽしまい、あれこれと彼女についての情報収集に没頭した。神奈川県横浜市磯子《いそご》区という土地もこの没頭期間に知った。当然のように本名の加藤和枝《かずえ》も、家業が「魚増」という魚屋であること、父親はボクサーを目指していたことがある増吉という名前の人、母親は喜美枝《きみえ》、二男二女の長女であることなども知った。今でも多少残っているが、少しでも興味を持つとすぐに熱中する性格で、相撲百科や植物百科などを作ったのもその頃だ。美空ひばり百科に至らなかったのは、まだ子供で、充分な資料が手に入らないことなどが理由だった。それでも「平凡」(当時は平凡出版、現マガジンハウスで刊行していた)の表紙などを見てよく似顔絵を描いたりして遊んでいた。美空ひばりの描き方のポイントは眉毛《まゆげ》と目にあって、特にまつ毛の端を黒くぴんと上にはね返るように描くと何となく感じが出た。

そんなぼくが美空ひばりを直《じか》に見たのは一回きりで、一九八八年の四月十一日に東京ドームで開かれたコンサートでの時だった。これは某出版社の招待によるもので、友人の嵐山光三郎《あらしやまこうざぶろう》といっしょだった。前年の百日を越える闘病生活から復帰した彼女は四十曲ほどを熱唱したが、聴き入ったのは初期の頃から「リンゴ追分」までで、その後の歌はあまりピンとこなかった。つまり美空ひばりという人は、ぼくにとって姉たちとの思い出に重なるものであって、きちんとした彼女のファンではなかったんだなあと、その時おもった。いずれにせよ、彼女が、激動の昭和の時代を、およそ四十年にわたり芸能界の第一線で活躍しつづけた日本の大衆文化を代表する大スターだったことには誰も異議を唱えないだろう。

美空ひばりは、元号が昭和から平成に変った一九八九年六月二十四日、間質性肺炎による呼吸不全により順天堂病院で死んだ。ちなみに戒名は慈唱院美空日和清大姉《じしょういんびくうにちわせいだいし》だという。

美空ひばりの似顔絵云々《うんぬん》と前述したが、ひばりに限らず当時はよく似顔絵を描いて遊んだ。たいていは東映のチャンバラ映画の役者たち、例えば中村錦之助《きんのすけ》や東千代之介《あずまちよのすけ》、それに野球の選手や相撲の関取などを描いていた。縁日の露天商から買った拡大器も使ったが、どちらかというと写真を見て描く方が好きだった。正直言ってあまり似なかったが、何となく雰囲気だけは摑《つか》んでいたようにおもう（勝手にそうおもっていただけだが）。

ぼくは今でも似顔絵は下手というか、似ないことで有名（かどうかわからないけれど）らしく、いずれにせよ、いつも苦しまぎれにやっている。もうだいぶ前のことだが、某週刊誌から似顔絵の仕事を頼まれ、めずらしいこともあるものだとおもったところ、担当者からこんなことを言われた。

「今度の連載は、作者が非常に辛口な人物評をしていますので、似顔絵があまりそっ

くりだと困るんです。それで安西さんならそういったところをやんわりと持っていけるような……」

つまり似顔絵があまり似ていないということでぼくに仕事を依頼しようと決まったということだった。笑えませんでしたね。

イラストレーターには似顔絵の達人が多くいて、いつも感心させられるのだが、似顔絵というのは、絵を描く人以外にも上手な人がいて驚かされる。

サラリーマンなどにも、絵はまったく下手なのだが、似顔絵となるとみごとに特徴をとらえ、しかもユニークな表現法を見せる人がいて感服する。ぼくは似顔絵に関しては、描く才能もさることながら、それを見る才能も必要なのではないかとおもっている。子供の頃でも、好きな野球の選手の似顔絵を描いたりすると必ず細かいことをあれこれ言い出す奴《やつ》がいた。

「鼻の形がちょっと違うよ」

「眉がもう少し上っててんじゃない」

全体的に誰それの顔だとわかればそれでいいはずなのにこういう指摘をする者は、つまり似顔絵を見る才能がないということになる。ぼくなどは感じが出ていればそれで充分に納得する方で、その点では似顔絵を見る才能があるのだろう。何事にも歩み寄る精神が大切なのだ。京都の八ツ橋（瓦《かわら》のような形をした干菓子《ひがし》）でも泉屋のクッキーでも、今さら美味《おい》しいとはおもわないが、歩み寄って口にしてみれば長年の熟考から生れた歴史の深みを味わうことができる。

歩み寄りといえば、観光地などにある土産品にもそれが言える。ぼくは土産物の一つであるスノードームを何となくコレクションしているのだが、このまったく何の役にも立たない品物でも、手にしてみればじんわりと愛着が湧《わ》いてくる。スノードームというのは、掌に乗るほどのガラス製のドームのなかに、観光地の名所旧跡などがコンパクトに納められているもので、手に取って振るとちらちらと粉雪が舞う仕組になっている。スノードームの名称はそんなところからきているといっていい。世界中の土産店に置かれており（東南アジアは少ない）、外国に出かけた時などそれとなく空港の土産店で買っていたところ、いつの間にかコレクターみたいになった。それどころか今や日本スノードーム協会会長にまでなってしまった。

数あるスノードームのなかでもニューヨークのマンハッタンのスノードームは気に入っていて、時々机の上に置きペーパーウエイト（これくらいにしか使えない）にしている。マンハッタンのスノードームに入っているのは、自由の女神、ハドソン川の遊覧船、エンパイア・ステート・ビル、それにワールド・トレード・センター・ビルだ。少し形は変っているものの、このパターンのスノードームは五つほど持っているのだが、ここにきて大へんなことになった。ニューヨークの同時多発テロでワールド・トレード・センター・ビルに旅客機が突っ込んだのだ。再びこのビルが建設されるのかどうかわからないが、スノードームのなかは、今や過去の風景になってしまった。

ぼくがニューヨークで暮していたのは一九六九年と七〇年で、当時はまだワールド・トレード・センター・ビルはマンハッタンにはなかった。このビルが建設されたのは一九七〇年代の半頃《なかごろ》とかで、そんなこともあってぼくはこのビルにさほどの愛着は持っていなかった。マンハッタンのビルといったら、やはりエンパイア・ステート・ビルだとおもっていた。エンパイアの展望台には何度か上っているが、ワールド・トレード・センター・ビルの展望台には過去一回しか上っていない。ワールド・トレード・センター・ビルが美しいなとおもったのは、スタッテン・アイランドに渡るフェリーから見た時で、西陽を浴びダウンタウンにそびえる二棟のビルはとてもき

I ♥ NY

れいだった。まさかテロリストの標的になるとはおもわなかったが、周囲にさえぎるものがなく、間違って飛行機でも突っ込んだらどうなるのだろうとおもったことは確かだった。テロによって世のなかがよくなったという例はあまり見られないが、世のなかの人々をあっと言わせた点ではワールド・トレード・センター・ビル爆破は視覚的効果の高い、新しいタイプのテロだった。

ところでワールド・トレード・センター・ビルだが、設計したのは日系の建築家ミノル・ヤマサキ氏だ。高さは四一一メートル、一一〇階建て、完成（一九七三年）当時はニューヨークの美観を壊すと物議を醸《かも》したという。ぼくも同じようなことをおもった一人だった。このごろはすっかりマンハッタンの光景に溶け込んできたなとおもっていたところ今度の事件になった。世のなか何が起るかわからない。もう同じようなビルは建てない方がいいというのが今のぼくの考えだ（あるいは同じようなビルを四棟くらい建てるか……）。その方がずっと長く人々の記憶に残るだろう。

ここから和田誠　ワールド・トレード・センター↓お小遣い

ワールド・トレード・センター・ビルにキングコングが登ったのは、一九七六年だった。誤解する人はいないと思うが、これは映画の話である。念のため。あのツインビルが作られたのは一九七三年。こちらは現実の話。

先代のキング・コングがエンパイア・ステート・ビルに登ったのは一九三三年（これも映画の話）。エンパイアが建ったのは一九三一年である。

つまりどちらのコングも、その時点でニューヨーク一の高さを誇る、建ってまもないビルに登ったのだった。

最初に書いたキングコングには「・」がなく、次のキング・コングには「・」が入っている。普通だと誤記とか表記の不統一と言われて、校正係からチェックされる事柄だが、これは映画の邦題に従っているのだ。昔のは「キング・コング」、リメーク版は「キングコング」が日本では正式な題名だったのである。

新しい「キングコング」はカラーだしワイドだし、CGはまだ発達していなかったけれど特撮の技術は昔よりずっと進んでいる。それでもキング・コングという名前を聞いて多くの人が思い浮かべるのは昔の映画の方だろう。

オリジナルの「キング・コング」は技術は素朴だけれど、面白さで言えば一級品の出来映えであった。一級品だからこそリメークも作られるのだが、リメークがオリジナルを超えるのはなかなかむずかしい。

　むずかしいと言う理由の一つは創造性である。オリジナルをなぞるだけの単純なリメークだと創造性を欠く。それを嫌う監督や脚本家は自分たちのアイディアをつけ加えようとする。あるいは最新の技術を駆使する。そのこと自体は悪くないのだが、余分なもので飾られてオリジナルの持つピュアな感覚が壊されることが多い。どっちに転んでもリメークは損だ。

「キング・コング」の場合、登るビルでも新しい方は損をしていると思う。エンパイア・ステート・ビルとあの大猿はよく似合ったのである。ビルのフォルムや雰囲気が、昔ふうの怪獣にふさわしい背景だったのだ。

　それに比べると、ワールド・トレード・センターの姿は映画的ではなかった。そのことを言い出すと、死者に鞭《むち》うつようであまりいい気持はしないけれども。

　初めてニューヨークに行った時、当然のことのようにエンパイア・ステート・ビルの展望台に上った。ワールド・トレード・センター・ビルの展望レストランに入ったのは二度目のニューヨーク訪問の時だった。どうしてもそういう順序になってしまう。

ぼくが初めてニューヨークに行ったのは一九八三年のこと。

「もうすぐニューヨークへ行くんだ」とニューヨークをよく知っている友人に話したら、「ほら、何丁目の角のレストラン何々がさ」などと言い出したので、「待ってくれよ。初めて行くんだから、そんなこと言われたって」とさえぎると、「またまた」と笑う。ぼくは日頃ジャズのことやミュージカルの評判などを口にするので、ニューヨークを舐《な》めるように知っていると思われていたらしい。

初めての外国旅行はヨーロッパへの団体ツアーだった。一九六四年、東京オリンピックの時。日本へ選手を運んできたＫＬＭ機がいったん帰り、閉会の頃選手の帰国のために戻ってくる。その往復を利用して格安のツアーが企画されたのだ。

ぼくが参加したツアーは業界、つまりグラフィック・デザイナー、イラストレーター、コピーライター、カメラマンなどに呼びかけたものだった。格安とはいえ、一ドル三六〇円の時代だったし、ぼくも駈《か》け出しの頃だから、参加するのはそれなりの覚悟が必要だった。

楽しかったのは、同行のメンバーに横尾忠則《ただのり》君、篠山紀信君がいたことである。みんな若くて無名だった。

三週間の旅を終えて東京に帰り、週刊誌のバックナンバーを見ると、「生涯に一度あるかないかの自国でのオリンピック開催の時期に外国へ出かける連中の神経がわからん」という有名作家のエッセイが載っていた。ぼくはスポーツ音痴だからオリンピックより外国旅行の方に関心があったし、それよりもこのチャンスを逃がしたら、一生外国など行けるかどうかわからないと思っていたのだ。高校生が気軽にハワイに行っちゃう、なんて考えられない時代だったのである。

その後まもなく篠山紀信は大活躍を始めて、仕事で外国へ行くことなど日常茶飯事になっていた。ぼくの方は仕事場でシコシコ絵を描く生活。さる酒場で篠山君に会った夜、「いつか外国に行く時、俺もつれてってよ」と頼んだら、彼は「うん、じゃ仕事で行こう。どこがいい?」と言うので「ニューヨーク」と答えた。

彼はすぐに出版社に話をつけ、写真・篠山、絵と文・和田、という本を作ることになって、ニューヨーク行きが実現したのである。初めてのヨーロッパ旅行から二十年ほどたっていた。

外国旅行もいいが、会話では苦労する。観光旅行ならあちらが理解しようとしてくれるからそれほど困らないとは言うものの、ぼくの英語力は「ターザン行く」「インディアン嘘《うそ》つかない」程度なので、「風呂《ふろ》の蛇口をひねってもお湯が出てこないがどういうわけだ」とか「妻はこれと同じデザインの色違いでサイズの小さいやつを欲している」といった複雑なやつになるとお手上げである。

こういう話も「またまた」と言われる。それはぼくがたまに翻訳などするせいらしい。翻訳は辞書をひきひき、時間をかけ、頭をひねるから、やさしいものなら何とかなるのだ。会話となると、まず聞きとれない。こちらの言うことが通じない。アメリカで「オレンジジュース」と注文したのがまったく伝達されなくて、ずいぶん落ち込んだことがある。

思えばぼくの英会話アレルギーには原体験があるのだ。それは中学一年の時にさかのぼる。

学校の帰りに同級生三人で歩いていた。途中にアメリカ人の住んでいる家があり、そのドアを開けて奥さんがぼくたちを手招きした。

そばに行くと何かペラペラと奥さんが言う。ぼくたち三人のうち一人は英語がよくできる奴《やつ》だった。帰国子女などいない時代にどういう英才教育を受けたのか、英会話が得意だったのだ。

その英語少年の通訳するところによると、彼女は何か手伝ってほしいと言っているらしい。そこでわれわれはその家に上がり込んだ。

中流家庭のような、上品な部屋だった。進駐軍の将校の家だったのではないかと思う。

ぼくたちを広いテーブルの回りに腰かけさせて、奥さんは手紙の束をドサリと置いた。これに切手を貼《は》れというのである。そして水を含ませた海綿を示し、舌で舐めずにこれを使え、と身ぶりを交えて説明してから別の部屋にひっこんだ。

手紙はかなりの量があった。今想像すると、封筒の中味は本国に送るグリーティング・カードだったのだろう。

一時間近くかけ、三人は切手を貼り終った。奥さんが再びニコニコしながら登場し、ぼくたちの仕事を確認すると、お金を配り始めた。労力に対する報酬である。十円札だったと思う。トランプのカードを配る要領で、三人に一枚ずつ、ひと回りするとまた一枚ずつ、というふうに。

ぼくは腹の中で狂喜していた。なにしろ戦後のあの時代である。親がくれる小遣いなどないも同然だった。これで映画がたくさん観《み》られる、とぼくは思った。

ところがである。例の英語少年が突如奥さんの顔を見てペラペラとしゃべり出した。奥さんは静かに聴いていたが、満足そうに微笑《ほほえ》み、ぼくたちに配った札を回収してしまったのである。

まったくわけがわからぬまま、外に出た。歩きながらぼくは英語少年に、いったい何をしゃべったんだときいた。そしたら奴はこう説明した。

「お金なんか要りません。ぼくたちは生きた英語を聴くことができました。それで充分です、と言ったんだよ」

本当にシャクにさわった。お前には生きた英語だったかもしれないが、俺にはチンプンカンプンだったんだぞ。金欲しかったんだぞ。そう言って殴ってやりたかった。でもこいつは英語がしゃべれる、という事実に気圧《けお》されて何も言えなかったのだ。

今思い出して、こうして書いていてもムカついてくる。やっぱり殴っておけばよかった。

ここから安西水丸　お小遣い↓市原悦子

小学生の頃、一日の小遣いは十円だった。ぼくの家は特別金持ちではないが、そうかといって貧しい方でもなかった（とおもう）。適当に欲しいものは買ってもらえた。小学生の時は南房総の千倉《ちくら》という町で小児喘息《ぜんそく》と闘っていたので、たいていのものは東京から送ってもらっていた。少年雑誌は三誌（「冒険王」、「少年」、「野球少年」）、出版社から直接送られてきた。

とにかく一日の小遣いは十円ときまっていて、またそれ以上に欲しいともおもわなかった。十円あれば駄菓子屋で充分に買いものができた。とにかく国会議事堂の描かれた暗い風景の十円札を手にした時はうれしかった。当時は国そのものが貧しかったのだ。

ところで、十円銅貨がいつできたのか、どうも記憶がはっきりしない。

ある雨の朝、学校へ向っていて、途中の材木置場のところまで来ると十円玉が雨に光って落ちていた。三十円あった。

誰もいなかったので拾ってポケットに入れた。ぼくはこのようにしてよく落ちているお金に巡り合う子供だった。

ぼくの家は町はずれの海の近くにあったので学校までは二キロほど歩く。学校に近づくと駐在所がある。その前まで来た時、ポケットの三十円が妙に気になりはじめた。頭のなかではすでに駄菓子屋の商品が絵になっている。

拾ったお金はおまわりさんに届けなければいけない。と、まあそのように家や学校で教育されていたので、通りすぎるわけにはいかない。あれこれ考えた結果どうしたのかというと、十円だけを落ちていたと届けることにしたのだ。二十円はネコババ。ごめんなさい。

ぼくは駐在所で住所と名前を訊《き》かれ、さらにお誉《ほ》めの言葉をいただいた。

それから一ヵ月ほどして、突然担任の先生に職員室に呼び出された。いったい何事かとおもい入っていくと、何と駐在所のおまわりさんがいるではないか。心臓が破裂しそうになった。

「ワタナベ君（ぼくの本名の姓）は落ちていたお金を駐在所に届けたそうだね」

「はい」

ぼくは小声で頷《うなず》いた。

「なかなか、感心だということでね。千倉警察署が設けた〈よい子の会〉の会員に推挙されることになったんだよ。これは学校の名誉でもあるし、わたしたちもたいへん喜んでいます」

スイキョとは何か、いやはや、冷や汗ものであった。ぼくは直径一・五センチほどのまるいバッジをいただいて職員室を出た。バッジはエンジ色に富士山の絵があり、富士の上には「よい子の会」という文字が入っていた。

先生は、ずっと学生服にこのバッジを付けているようにと言ったが、いつも校門近くで付け、下校するとすぐにはずしていた。

ちなみにネコババした二十円では肥後守《ひごのかみ》（工作用ナイフ）を二本買い、「よい子の会」のバッジを付けていることで、小学六年生になって「子供貯金」の局長を務めるはめになった。

千倉という町では、そんな少年期をすごしていたのだが、ぼくは東京の家に兄や姉、それに祖母がいたので、春休みや冬休みにはよく東京へもどることがあった。どうして春休みと冬休みかというと、千倉は海辺の町なので、夏休みは千倉にいた方が楽しかったのだ。

小学一年生の時だったとおもうが、兄のスクーターのうしろに乗せてもらい、皇居のあたりを走っているとGIキャップをかぶった数人のアメリカ兵がいた。兄はスクーターを止めて何やら彼らに話しかけた。そしてバッグからカメラを出した。レオタックスというカメラで、カメラ集めは兄の趣味でもあった。

ぼくはアメリカ兵たちと写真を撮った。何だかすごく恥ずかしかった。

スクーターにもどろうとすると、アメリカ兵の一人がポケットから何か布切れのようなものを出してぼくに手わたした。兄が礼を言い、ぼくたちは兄のやっている新橋にある建築設計事務所に着いたのだが、ずっと気になっていた布切れのようなものを出してみると、それは子供用のGIキャップだった。今おもうと、どうして彼らが子供用のGIキャップを持っていたのかふしぎだが、それも進駐軍の日本人宣撫《せんぶ》工作だったのかもしれない。

いずれにしても、GIキャップをくれたアメリカ兵たちが、ぼくにとってははじめて現実に見たアメリカ人だった。

進駐軍といえば、ぼくがニューヨークで働いていたデザインスタジオにサル（ほんとはサルバドーレ）という中年のデザイナーがいて（彼はこのスタジオの副社長で専門はエアブラシだったが）、この人は戦後の東京でアメリカ進駐軍の兵士の一人として滞在していたらしかった。

「わたしは東京の軍人会館で米軍のためのポスター制作に従事していた」

サルはこんなことを英語でぼくに言った。はて、軍人会館ってどこにあったのだろう、とぼくはおもった。

「軍人会館、知ってるか？」

「いや、ちょっと」

まあ、こんなやりとりがあったとおもっていただきたい。

生真面目《きまじめ》なサル氏は、ある日、ここが軍人会館だと言って一枚の写真を見せてくれた。家のアルバムからはがしてきたらしい。写真を見ると、軍人会館の両側に城のお堀のようなものも写っている。何とそこは今の九段会館だったのだ。

サル氏も社長のラルフ氏もシシリーの移民の子供で、結構わかりにくい英語を話していた。さらにぼくの英語がひどいときている。いろんな国の癖を持つ英語がとび交う、これがまあニューヨークといっていいだろう。

ぼくの声を、チェロの音みたいと言った女性がいたけれど、チェロの音というのはそれ自体さほどいい音ではない。まして英語を話す声ではない。つくづくおもうことは、中学で三年、高校で三年、大学でも三年はやっている。ましてぼくなどは入社した広告代理店の国際広告制作室でアメリカ人コピーライターたちと二年も仕事をした。さらに二年もニューヨークで暮している。それなのに英語がこのザマとは、いかに語学の才能がないかということだろう。

三年ほど前アメリカへ仕事で行った時、成田空港からユナイテッド航空の飛行機に乗った。夜間飛行だったので、水平飛行になって間もなく夕食タイムになった。スチュワーデスがドリンクのサービスにやってきた。

「何かお飲みものは？」

もちろん彼女は英語で言う。

「バーボン」

ぼくは言ったが聞き返された。

「エクスキューズ・ミー？」

「バーボン」

ぼくは再び言った。何故《なぜ》か通じない。

「ヴァーボン。バーボン。ヴァーベン」

口がひん曲がってきた。それでも通じない。

今度は銘柄を言うことにした。

「ワイルド・ターキー」

通じない。

「ウワァイルド・タゥアーキー」

ますます通じないのでまたもとにもどすことにした。

「バーボン」

やっぱり駄目だった。仕方がないのでビールでもいいやとおもい、それを言おうとした時、たまりかねたのか、隣席のアメリカ人らしき男がひと言発した。

「ヒー・セッド・バーボン」

「オー・バーボン」

ただちにスチュワーデスは了解した。

「どこが違うっていうんだ」

むっとなったが、まあ、ぼくの声は英語向きではないのだろう。

声というのはほんとにふしぎなものである。美声なんだけど、妙に疲れる声もある。逆に変な声だが気持がゆったりとしてくる声もある。例えば森本レオの声などはいい声というのではないが、耳にすると何かじーんとくる。イラストレーションでいうヘタウマの魅力に通じるものがある。

「小鳥たちは帰っていった……」

こんなナレーションがたまらないのだ。

ひと頃子供向けのＴＶ番組として人気のあった「まんが日本昔ばなし」は市原悦子と常田《ときた》富士男の二人だけでやっていて、この二人の声が絶妙だった。

「昔むかし、ある村に……」

常田富士男ではじまる。

「おっかあ、あんころ餅《もち》が喰いてえー」

市原悦子もとてもよかった。

WILD
TURKEY

ここから和田誠　市原悦子→寺山修司

現在の市原悦子には現在の市原悦子らしいイメージがある（当り前だ）が、ぼくにとっての市原悦子は、俳優座の「三文オペラ」におけるポリーさんだ。四十年ほど昔の話。

主役のメッキー・メッサーに扮する小沢栄太郎はじめ俳優座のみなさんが総出で歌う舞台。歌手らしい人はいなかったので、歌ともセリフともつかぬ歌唱の連続だったが、「三文オペラ」はそれが似合うミュージカルかもしれない。市原悦子だけが「歌姫」という印象であった。

若い市原悦子の演じる可憐《かれん》なポリーさんは、きれいなコロコロ声で「バルバラ・ソング」などを歌ったのである。

こういう話をすると、若い人は「まさか」という顔をする。映画なら古いものでも観《み》るチャンスはあるが、舞台はその時に観ないとどうにもならない。ヴィデオなどない時代の話だし。

ぼくは映画に比べると舞台の方はそれほど観ているわけではないのだが、「芥川比《あくたがわひ》呂志《ろし》のハムレットはなかなかよかったよ。あの時のガートルードは杉村春子だったなあ」などと若い人に得意げに話をすることもある。

劇団民芸の「ポーギーとベス」も観ている。ジョージ・ガーシュウィンが作曲したものだと思って出かけたら、知っている歌は一つも聴けなかった。何故か日本の作曲家によるものだったのである。信欣三《しんきんぞう》のポーギー、小夜福子《さよふくこ》のベス。滝沢修《おさむ》が乱暴者のクラウンを演じて、脇役《わきやく》だが印象に残っている。

翻訳ミュージカルだと、日本初のブロードウェイもの「マイ・フェア・レディ」は初日に観に行った。江利チエミのイライザである。カーテンコールでヒギンズ教授の高島忠夫《ただお》が感きわまって泣き出したのを思い出す。

「南太平洋」日本版の初演は、主役が越路吹雪。寅《とら》さん以前の渥美《あつみ》清が水兵の役で出ていたのが今となっては貴重だ。当時の評価は高くなかったようだが、ぼくは好きだった。とりわけ二幕の幕あきで水兵仲間といっしょに「(戦地には)女がいない」と歌うところなど、優れたミュージカルの持つワクワク感があって、背中にジーンときたほどである。

外国から来たアーティストについての話もいろいろあるが、しつこく書くといかにも自慢ばなしをしているようになってしまう。いや、すでに自慢をしているわけだけれど。とにかく話を二つに絞ろう。一つはフランク・シナトラ。一つはビートルズ。

シナトラ初の日本公演は一九六二年、日比谷の野外音楽堂で行われた。入場料は三百円と五百円だったと思う。当時の物価を考えてもウソのような値段だ。

日中のコンサートなので、サラリーマンであったぼくは、その時間会社を抜け出して聴いたのだった。値段の安さはチャリティだったせいもあるだろう。歌い終ったシナトラは「チャリティに参加してくれてありがとう」と観客に向って拍手をした。なかなかカッコよかった。このコンサートでぼくのシナトラ・フリークは決定的になった。

ビートルズは一九六六年の武道館コンサートを聴いた。解散後の個々の来日はあるけれど、ビートルズとしての来日は、あの時が最初で最後である。

ビートルズ来日ほど、若者と老人の意識の差をはっきりと見せつけた出来事はあまりないと思う。老人はビートルズを若者に悪影響をおよぼす不良たちと決めつけ、若者は自分たちの気持を代弁してくれるヒーローとして憧《あこが》れたのだ。

ぼくはすでに若者ではなかったし、当時はまだビートルズの真価を理解できていなかったのだが、彼らを糾弾《きゅうだん》する人たちに対して、頑迷なジジイども、と馬鹿《ばか》にしたことは確かである。

ところで最近ジョージ・ハリスンが亡《な》くなり、彼に関するさまざまな記事が新聞に載った。その中に〝「サムシング」をフランク・シナトラが絶賛した話は有名だが、シナトラはジョンかポールの曲だと思っていたらしい〟というのがあった（朝日新聞「天声人語」）。

おかしいな、とぼくは思った。というのは、シナトラは私生活ではとかくの噂《うわさ》があった人――プレイボーイであるとかマフィアとつきあいがあるとか――だけれど、こと音楽に関してはたいそう真剣に取り組んでいたことを、数多くの音楽仲間が証言している。自分がレパートリイにしている曲の作者をいい加減に憶《おぼ》えるとは考えにくいのだ。

それに、七〇年代のインタビューで、「最近、好きなソングライターは？」という質問に答えて数人の名を挙げた中に「ジョージ・ハリスン」も入っていたような気がする。ただしその記事は手許《てもと》にはない。ぼくの記憶違いということもあり得る。

そこでヴィデオをチェックした。ぼくの持っているシナトラのライヴのヴィデオやLDの中に「サムシング」を歌っているものが三本あった。八一年のテレビ・ショウ、八二年のドミニカでのコンサート、八五年の日本武道館ライヴ。見てみると三本とも〝次に歌うのはジョージ・ハリスンの「サムシング」です〟とはっきり言っているのだ。

新聞よ、デタラメを書くな！　と叫びたいところだが、ぼくもエッセイなどで間違ったことを書いて読者から叱《しか》られた経験は何度もある。こういうことに関してあまりでかい口はたたけない。

あの一文は伝聞をもとに書かれたのだろうと思うので、噂の出どころを推理してみる。ハリスンについてコメントを求められた音楽関係の誰かが〝ジョージは地味な存在だったので、いい曲を作っているのに知らない人も多いでしょう。シナトラだって「サムシング」を歌っているけれど、ジョージが作ったということを知ってたかどうか、わかったもんじゃありませんよ〟てなことを言ったのではなかろうか。

それにしても新聞が書くと単なる憶測が事実として定着してしまうので困る。シナトラは歌の作者も知らずに歌う歌手だった、とか、ジョージ・ハリスンは名前も憶えてもらえない人だった、とか。これではシナトラもハリスンも浮かばれないと思いますけど。

シナトラと仲のよかったディーン・マーティンは、大の飛行機嫌いであった。海外にはあまり行かず、国内も列車を使う。ある時、ニューヨークに滞在していたシナトラから荷物が届いた。それにはこっちに遊びに来ないかという手紙と、飛行機の切符と、パラシュートが入っていた。

ユーモアあふれるエピソードとして伝えられているが、実話かどうかはわからない。誰かが作ったジョークかもしれない。けれどもこのての話は罪がないので、ウソでも構わないと思う。

サミイ・デイヴィス・ジュニアは、医者から「体重を減らしなさい」と忠告されて、両手の指からたくさんの指輪をはずした、というエピソードを残しているが、これもウソくさい。彼のアクセサリー好き、貴金属好きをからかったものだろう。

サミイ・デイヴィス・ジュニアはたくさん稼いだが、同じようにたくさん使った。死んだ時点で財産はほとんどなく、葬儀の費用はシナトラが出したという。この逸話は信憑性《しんぴょうせい》が高いと思われる。

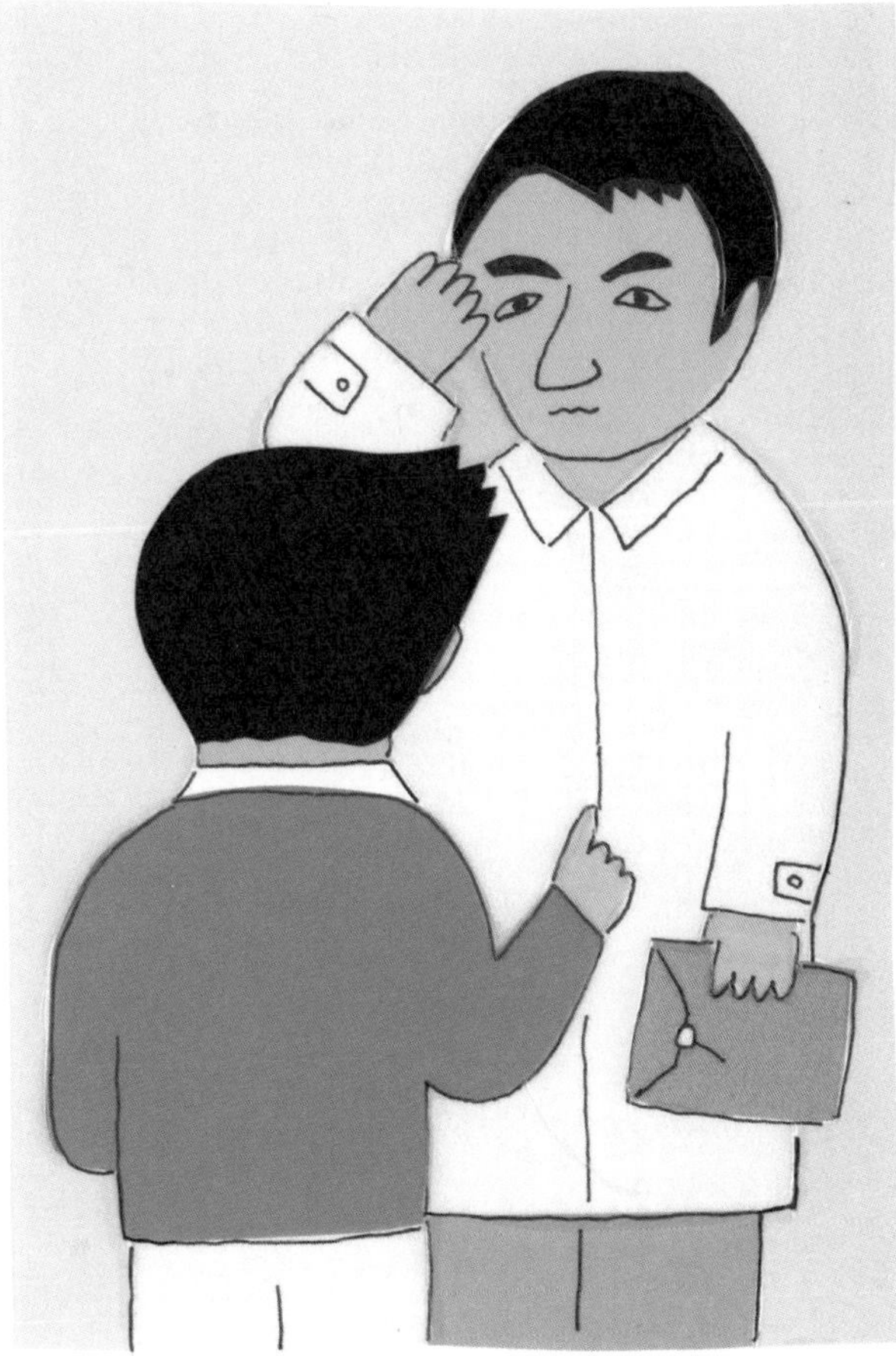

世界的な人の話から突然自分の話になるのは気がひけるが、ぼくが初めて寺山修司に出会ったのは学生時代である。

寺山は学生の頃から短歌で認められ、詩を作り、ラジオドラマを書いていた。彼はラジオドラマの演出家だったぼくの父親に自作の脚本を見せるため、わが家に訪ねて来た。その日、親父《おやじ》は息子（つまりぼく）を年齢の同じ寺山に引き合わせたのである。

「それ以来の友だちなんだ」とぼくが二人と共通の友人に話をした。

後日、その友人が別の人に語る話はすこぶる変化していた。

〝青森県から一人の若者が上京して、演出家和田精《せい》さんの自宅を訪ねた。呼鈴を押すと、ドアからこまっしゃくれた子どもが顔を出した。若者は用件を告げた。すると子どもは「うちのお父さんはお前みたいな田舎者には会わないよ」と言ってドアをぴしゃりと閉めてしまった。青森の若者は寺山修司で、こまっしゃくれた子どもが和田誠なんだ。寺山修司はその時の苦い思い出があるから、今でも和田誠に会うのをいやがるんだよ〟

さてこの話、罪もなく可笑《おか》しいから、ウソでも許せると言いたいけれど……。

ここから安西水丸　寺山修司↓芸の話

青森県は三沢市にある「寺山修司記念館」に行ったのは一九九八年の二月だった。この記念館は一九九七年の七月にオープンしている。

唐松の林をバックに、「寺山修司記念館」は雪に埋もれて建っていた。建物も館内も工夫がこらされていて（いいか悪いかは別として）、時折り寺山さんの声が聞えてくるのが懐《なつか》しかった。

実はぼくは生前の寺山さんに三回お目にかかっている。それも三回ともあの長身を深々と折り、謝られているのだ。

いったいどういうことがあったのかというと、こういうわけだ。

Y新聞の書籍部からある日電話で仕事を依頼された。いかなる仕事かというと寺山修司の本の装画を描いて欲しいという。当時寺山さんの本にイラストレーションを描けるなんて宇野亜喜良《あきら》さん、横尾忠則さん、和田誠さん（アイウエオ順）といった錚々《そうそう》たるイラストレーターたちで、まだ駆け出しのぼくとしては倒れんばかりに驚いてしまったのだ。同時にさすがは先物買いの達人寺山修司だな、などと自惚《うぬぼ》れてみたりもした。

一方、寺山さんはY新聞の編集者にぼくのことをつたえ、ヨーロッパ公演に出かけてしまった。

「とにかく彼の絵で頼む」

そんな感じだったのだろう。

ぼくは編集者の話を聞き、それなりのイラストレーションを描いた、つもりだった。ところがである。編集者が持ち帰ったぼくのイラストレーションに、上司からクレームがついたらしいのだ。

よくあることだろうが、ぼくの作品はどうもこの本（寺山修司の本）には合わないということで没になってしまった。

がっかりはしたけど、版元が決めることなのでどうにもできない。

さて、寺山さんは一ヵ月半ほどしてヨーロッパから帰国した。てっきり安西水丸の装画で本ができているとおもっていたところ、まったく違う感じの本ができていた。

寺山さんはだいぶ立腹されたらしい。と、同時にぼくに申しわけないことをしたと

おもったのだろう。

数年して、ぼくは寺山修司門下であり、現在劇団「月蝕《げっしょく》歌劇団」を主宰している高取英《たかとりえい》に寺山さんを直《じか》に紹介された。

「安西さん、その節は大変失礼をいたしました。ほんとに申しわけありません」

ぼくは寺山さんに深々と頭を下げられてひたすら恐縮した。

一度頭を下げた寺山さんだが、そう度々ぼくも寺山さんにお会いできるわけではない。二度目に会った時は紹介された日から二年ほど経《た》っていた。

「安西さん、その節は大変失礼な……」

寺山さんは一度詫《わ》びたことを忘れてしまっているのだ。

三度目にお会いした時はさらに二、三年がすぎていた。そこでまた同じような言葉で頭を下げられた。

ぼくが生前の寺山修司さんに三回お目にかかり、その都度謝られたというのはこういった事情からなのである。長身を折り曲げて、いかにも申しわけなさそうな表情を見せていた寺山さんが今となっては懐しい。

謝るといえば、ぼくも一度平謝りに謝った経験がある。電通という広告代理店で働

新装版マンガ日本の歴史
⑭徳川家康の天下統一
石ノ森章太郎
【全27巻】以下続刊

天下人秀吉が描いた対内外政策は潰え、天下分け目の関ケ原の戦を勝ち抜いた家康は泰平の世の扉を開く。徳川幕府三百年の礎を築いた〈天下殿〉の戦略とは。

●924円

南九州殺人迷路
新装版
西村京太郎

桜島行のフェリー内で、西郷隆盛を尊敬する代議士の若手秘書が刺殺された。容疑は西本刑事の見合い相手に。恐るべき陰謀の正体に十津川警部が挑む！

●748円

青豆とうふ
和田誠／安西水丸

バトンのように渡された「お題」はどこへ向かうのか？　互いの絵と文をしりとりのようにつなぎながら紡いだエッセイ集。カラーイラスト多数収録！

●990円

パリのパサージュ
過ぎ去った夢の痕跡
鹿島茂

パサージュは、パリの通りと通りを繋ぐガラス天井のアーケード街。19世紀の華やぎを伝えるパサージュで辿る新しいパリガイド。特設サイトを開設。

●1034円

花火
吉村昭後期短篇集
吉村　昭　池上冬樹 編

生と死を見つめ続けた静謐な目は、その晩年に何をとらえたか。昭和後期から平成一八年までに著された、遺作「死顔」を含む一六篇。〈編者解説〉池上冬樹

●946円

石原慎太郎・大江健三郎
江藤　淳

盟友・石原慎太郎と好敵手・大江健三郎。二人をめぐる同世代批評家の評論とエッセイを一冊にした文庫オリジナル論集。戦後作家論の白眉。〈解説〉平山周吉

●990円

わが青春の台湾　わが青春の香港
邱　永漢

台湾、日本、そして香港――直木賞作家の波瀾に満ちた半生記にして、二十世紀東アジア史の貴重な証言。短篇「密入国者の手記」を特別収録。〈解説〉黒川　創

●990円

相棒
金子光晴／森三千代

放浪詩人とその妻、二人三脚的自選ベストエッセイ集。金子の日本論、女性論、森のパリ印象記ほか。全集未収録の夫婦往復書簡を増補。〈巻末エッセイ〉森　乾

●1100円

元禄お犬姫
諸田玲子

徳川綱吉が発した「生類憐みの令」の時代。野犬猛犬狂犬、なんでもござれの一人の娘「お犬姫」が、犬と人間が巻き起こす事件、怪異、大騒動に立ち向かう。

●792円

女が死ぬ
松田青子

「女らしさ」が、全部だるい。好きに太って、痩せて、がははと笑い、グロテスクな自分を祝福する。心の曇りが磨かれる、シャーリイ・ジャクスン賞候補作！

●726円

あの日に帰りたい
駐在日記
小路幸也

昭和五十一年。周平と花夫婦の駐在所暮らしはのんびり平和とはいかないようで⁉　優しさとほんの少しの厳しさで謎を解く。人気シリーズ第二弾。

●704円

中央公論新社　http://www.chuko.co.jp/
〒100-8152 東京都千代田区大手町1-7-1 ☎03-5299-1730（販売）
◎表示価格は消費税（10%）を含みます。◎本紙の内容は変更になる場合があります。

いていた時のことだ。

その日は朝からいい天気だったし、これといった急ぎの仕事もなかった。ふと友人とランチでも食べようかとおもった。友人の名は遠藤修一（実名）といい、電通同期入社で彼はコピーライターだったがすでに退社していた（現在は銀座で「77ギャラリー」を経営）〔執筆当時〕。

外出する時に書き込む伝言板に担当しているクライアント名（「日新製糖」だった）を適当に書き、そこに仕事で出かけているように見せかけた。というのは、この日は日新製糖の仕事は特に何もなかったからだ。おろかにもそれなりに完全犯罪を狙《ねら》ったつもりだった。

会社を出たのは午前十一時頃だった。友人とランチを食べ、すぐ帰ればいいものを調子づいて映画まで見てしまった。

午後の三時すぎ、いかにも忙しかった風をよそおい、いい気になって部署にもどったところ近藤さんというチーフに凄《すさま》じい一撃を喰った。近藤さんは関東軍でも歴戦の軍曹で、敗戦後はシベリアで抑留生活を送ったという強者《つわもの》だった。

「馬鹿者、貴様どこへ行ってたんだ」

貴様ですよ。とにかく軍隊式に怒鳴りつけられた。どうやらぼくが出かけた後、急に日新製糖で広告のトラブルが起き、電話してきたというのだ。さがしてもぼくはいない。しかも伝言板には日新製糖に行くと書いてある。

「たしか、ワタナベ（ぼくの本名）なら日新さんに伺っているはずですが」

代わりに電話に出た近藤チーフは困って言ったにちがいない。

「いやあ、うちには見えてませんよ。困りましたなあ。急ぎなんですがねえ」

まあ、その結果が凄じい怒りの一喝となってぼくに叩《たた》きつけられたわけだ。

まったく、よりによってこんな日に、と、クライアントをいまいましくおもったが、これは逆恨みというものだ。

こんな時は謝るしかない。ぼくは平謝りに謝った。

みっともなかったですね。たまたま部署には全員がいたし、みんなしーんとして耳をそばだてているんだからね。

ちなみに近藤チーフという人は見かけのごつさとは裏腹に普段はとても温厚で、特にぼくにはやさしかった。そういったことでも余計にむかついたのかもしれない。

この近藤さんという人にはおかしな隠し芸があって、宴会などでせがむと照れなが

らやってくれた。

どんな芸かというと、これが何と女性の生理用品の売り口上なのだ。まだ月経帯などと呼んでいた頃のもので、当時は露店などで口上を述べながら売っていたらしいのだ。それを真似《まね》てやるのだから聞いている方も照れ臭かった。女子社員などはどんな気分だったのだろう。

今ならすぐにセクハラという言葉がうかんでくるが、それはともかくとして見せ場を演ずる近藤チーフは何とも可愛《かわい》かった。

「跳んでもはねても、大丈夫」

近藤チーフは巨体をゆするようにして跳びはねるのだった。

隠し芸といえば、ぼくなどはほとんどそういった芸を持っていない。しかし世のなかには玄人《くろうと》はだしの芸を持っている者がいて驚かされる。手品しかり、声色しかり、浪曲、落語、占いと、さまざまな隠し芸名人がいる。友人の嵐山光三郎は政治家の声色が得意で、田中角栄（自民党）、春日一幸《かすがいっこう》（民社党）、赤尾敏《びん》（愛国党）などを持ちネタにしていた。ぼくは一時期彼と同じ出版社の同フロアで働いていたことがあり、選挙時になると、よくそれぞれの政見演説などをやってみんなを笑わせた。田中角栄をやる時は、割り箸《ばし》の紙袋を割り箸にはさんで閉じた扇子に見せ、それを手にしてやった。実に見事だった。

タモリ氏をはじめて目にしたのは当時新宿の歌舞伎町《かぶきちょう》にあった「ジャックの豆の木」というスナックで、彼のもの真似の上手《うま》さにも腹を抱えて笑った。タモリ氏はやがてプロになってあまりもの真似をやらなくなったが、隠し芸的な気分でやっていた頃の芸にはなかなか捨てがたいものがあった。ぼくの印象に残っているのは、NHKのラジオで今でもつづいている「ひるのいこい」という番組があるが、通信員が各地方から拾ったちょっとした情報をアナウンサーが読み上げる、そのアナウンサーのもの静かな口調を真似たことだった。

例えば、黄身が二つ入っている卵を生むニワトリがいて、それが数日つづいたとかいうたあいないニュースで、最後にアナウンサーがその通信員の名前をつたえるというったものだ。

「……これは宮崎県延岡《のべおか》市、安西通信員からの報告でした」

こんな調子だ。この手のもの真似を選ぶ彼のセンスも好きだった。

南伸坊君の顔真似も、はじめは隠し芸だったはずだが、今やすっかり世界でも例を見ないプロの芸域に達している。

ぼくにはまったくそういった芸はないが、先日、これならできるかなといった芸を見つけた。宮崎駿《はやお》監督の「千と千尋《ちひろ》の神隠し」に出てくる「カオナシ」というふしぎな人物（？）の真似だ。

「あ、あ、あ。あ、あ、あ」

これしか言わない。できそうだ。

ここから和田誠　芸の話↓学生時代の歌

子どもの頃、ラジオでいろいろな演芸を聴いた。声色もぼくの好きな演目の一つで、印象的なのは、歌舞伎《かぶき》役者の声色をすべて「山寺の和尚《おしょう》さん」という歌の歌詞でやる人の芸である。子どものぼくは歌舞伎を観《み》たことがない。歌舞伎役者についての知識もなく、その声色が似ているのかどうか判定がつかない。それでも同じ歌の中にいろいろな調子の役者が出てくるのを、とても面白く感じた。

サミイ・デイヴィス・ジュニアが一つの歌「ビコーズ・オブ・ユー」を何人もの歌

手の真似で歌うのを聴いて感心したのは高校生の時。当時はアメリカの歌手をまだ数人しか知らなかったため、全部は理解できなかったが、サミイの達者な芸人ぶりはよくわかる。そして「山寺の和尚さん」を思い出したのだった。

「声帯模写」という言葉の創始者は古川ロッパである。それまではこの手の芸は「声色」であり、モデルは主として歌舞伎役者。ロッパは活動弁士を手はじめに、作家や政治家などをとりあげたのが新しかったのだ。

それは昭和初期の話であり、ぼくはロッパの声帯模写をナマで聴いたことはない。終戦直後の映画の中で、藤山一郎ふうに歌ったのは憶《おぼ》えているが。

昭和七年にラジオで、徳川夢声《むせい》、山野一郎、古川ロッパの三人が一夜ずつ「西遊記」を朗読することになった。ところが放送当日、夢声は酒と睡眠剤を一緒に飲んで寝こみ、目覚めない。録音テープなどないナマ放送の時代である。急報を受けてロッパが放送局に駈《か》けつけた。

放送時間になり、夢声の朗読が始まった。夢声夫人は隣室で寝ている筈《はず》の夫の声がラジオから流れているので不気味だったという。ロッパが徹頭徹尾夢声の声で朗読していたのだ。ロッパの名人ぶりを証明するこの話は『いろは交友録』という本に夢声自身が記している。

ぼくが人前で声色をやったことは一度だけある。高校三年の時で、真似したのは体育の先生。観客は全校生徒。

それは秋の文化祭の催しだった。各クラスが一時間くらいずつ受け持って演《だ》し物を決め、講堂で発表するということになったので、ぼくたちは「千歳に関する十二章」というタイトルの、歌とコントのヴァラエティ・ショウを企画したのだ。千歳というのはぼくたちの高校の名前。その頃、伊藤整の『女性に関する十二章』という本がベストセラーになっていて、タイトルはそのいただきである。

とりあえず構成演出をぼくが受け持った。何故「とりあえず」なのか、あとで説明するとして、ぼくは勉強も運動もまるでダメだったから生徒会でも運動会でも活躍の場はなかったが、似顔を描くという特技を持っているのと、国語の教科書に出ている名作の一節のモジリをノートに書いて教室中に回して笑いを取ったりしていたため、ショウの構成もできるだろうと思われたのだ。

まず章立てを「登校」で始まり「放課後」で終る十二章とし、中身に「試験」やら「男女共学」などの章を設けた。そしてそれぞれの章にふさわしい替え歌やコントを作って上演したわけだ。

数人がそれぞれ得意な先生の真似をする「教師」のコーナーで、ぼくは体育の先生だけをやった。セリフは「今日は運動会の予行演習を行います」。その先生はどこかの地方の訛《なま》りがある上に運動会の「会」を「クヮイ」と発音する人で、声は似せられなくても特徴を大袈裟《おおげさ》に伝えることが出来るため、真似しやすかったのである。

学校にパン屋さんが店を出していた。弁当を持って来ない生徒に人気があって昼休みが近づくとたいそう混み合う。その様子をぼくは「パン屋混んでます」という歌にした。これは当時流行していたアメリカのポピュラーソング「バイヤ・コン・ディオス」のパロディである。

「試験」のコーナーでは「カンニング・パートナーズ」という歌を作った。「チェンジング・パートナーズ」という歌がヒットしていたのだ。

そして最も受けたのは、少し古い日本の流行歌「新雪」のパロディだった。

一人の事務員の態度が横柄《おうへい》で、全校生徒から嫌われている。それをテーマにした。もと歌は「紫けむる新雪の／峰ふり仰ぐこのこころ」というのだが、それを「窓口けむる不親切の／千歳の事務のそのこころ」と歌ったところ、笑いと拍手で講堂がどよ

めいた。生徒の間でしか理解できないギャグだが、通用する範囲が狭い分、笑いが濃かったのだろう。

話を戻して、ぼくが台本を書き上げる前、クラスの仲間に構想を説明した。ここでこういうコントが入る。ここにこういう歌が入る。この歌は吉田君に歌ってもらうつもり。というふうに。

すると一人の同級生が立ち上がって言うことには「そんな歌はわれわれ若者にはふさわしくない。もっと若者らしいいい歌があるだろう」

びっくりした。高校生だから若いには違いないが、自分のことを「若者」と呼ぶのが奇異に感じられたのだ。台本にクレームがついたことより、そっちの方でぼくはとまどいながら、「若者にふさわしい歌って何？」ときいた。

彼は答えた。「〝黒いひとみの若者が私の心をとりこにした〟とか〝若者よ体を鍛えておけ〟とか〝泉に水汲《く》みにきて娘らが話していた〟とか、いい歌がいっぱいあるじゃないか」

つまり彼は「うたごえ運動」とか「青年歌集」といったたぐいの歌を「いい歌」と言っていたのだ。ぼくはアメリカン・ポップス派だったから、その手の歌は好みではなかったのだが、「うたごえ」に賛同する生徒も少しはいたし、もめごとはイヤなので、「わかったわかった、じゃあ半分ずつ台本を書こう」と提案したのである。「とりあえず」とさっき書いたのはそういう事情があったからだ。

彼が書いた台本は「青年の主張」みたいなやつで、さっぱり面白くなかったけれど、とにかくぼくの台本とシャッフルして組み立てたのだった。

フィナーレは「千歳数え歌」を合唱。十人の教師を数え歌に読み込んだもので、作詞はぼくではなくクラス全員の合作だった。「一つとせ、一ばん上に位する月給盗みの古狸《ふるだぬき》、そいつぁ校長だね」といったひどい歌である。ぼくが十人の先生の似顔をでっかい紙に描いて、一番ごとに見せる仕掛にした。これも大いに受けた。

歌い終ると、ぼくたちのクラスの担任の教師が血相変えて舞台に上がってきて、「君たちはどういうつもりでこんなバカな歌を歌うんだ。先生に対する尊敬の気持はないのか！」と怒鳴った。

実はこれも台本のうちである。先生に出演交渉をしたら、始めのうちは「そんなくだらんことに協力はできない」と尻込《しりご》みしていたが、クラス全員が「お願いします」と頭を下げたので、渋々引き受けてくれたのだ。

しかし本番は真に迫っていた。本当に怒鳴り込んだと思った観客の生徒もたくさんいたらしい。ぼくたちも上演のあと、「あれは本気だったみたいだなあ」と話し合ったのである。

さて「青年歌集」の方の後日談。

一九七〇年ごろ、小さな団体に混ってソ連の何ヵ国かをめぐる旅をした。ぼくたちの団長さん河崎氏はモスクワに住んだことがあり、ロシア語がペラペラなのだが、あの頃のソ連体制では勝手な行動ができない。政府派遣の案内係がつきっきりである。コーリャという青年だった。

河崎さんが通訳してくれたおかげで、ぼくはコーリャと仲よくなった。「今日は農業見本市へ行く予定です」とコーリャが言う。「そんなのつまんないよ。それよりパンダが見たい」とぼく。日本にはまだパンダはいなかったのだ。コーリャは仕方なく、「上には内緒だからね」と動物園を案内してくれた。

どこかの共和国の夜、ウォッカを飲みに出かけた。帰り道、「ロシアの歌を教えてよ」と頼むとコーリャは「トロイカ」を歌い出した。ぼくもそれに合わせて「雪の白《しら》樺《かば》並木……」と日本語で歌った。彼は不思議そうに「どうして知ってるんだ」と言う。

次は「りんごの花ほころび……」というやつで、これも知っている。ほろ酔いのぼくとロシア青年は肩を組み、日本語とロシア語で歌いながら雪原を歩いた。奇妙な光景だったと思う。

「青年歌集」なんか嫌いだ、と言っていたのだが、その中のいくつかはいつのまにか耳になじんでいたのだ。おかげさまで、いい思い出ができたのである。

ここから安西水丸　学生時代の歌↓占い

大学生になったばかりの頃、友人に歌声喫茶というところに連れていかれたことがあった。店名はたしか「灯《ともしび》」とかいったように記憶している。とにかく店内は若者(ばかりではなかったが)が大勢いて、アコーデオンに合わせて大合唱するのだ。曲名は「カチューシャ」とか、「黒いひとみの」とか「コサックの子守歌」といったロシア民謡が多く、それをみんなで肩を組んだりしてうたうのだ。だいたい人前で歌をうたったりするのが大の苦手のぼくは恥ずかしくてたまらなかった。喫茶店のレジスターのところに歌集まで売っていて(たしか五十円くらいだった)、みんなそれを買い、アコーデオンの前奏が流れてくると慌《あわ》ててその曲のページをめくりうたっていた。今思い出してもやはり恥ずかしい。

ぼくは別に音痴ではない。それでもどうも人前で歌をうたったりするのが苦手で（聴くのは好きだが）、小学生の頃、学芸会で独唱をさせられることがきまり、その時は前日に本気で醬油《しょうゆ》を飲んでしまった。醬油を飲むと熱が出ると聞いていたのだ。残念ながら熱は出ず舞台に立つことになったのだが、それはそれは恥ずかしかった。

高校生の頃、登山に凝っていて、夏休みにはよくテントを担《かつ》いで山へ登っていた。結構アウトドア少年だった。

夏の山で一番恐《こわ》いのは雷で、一度、リュックをはじめ身に付けていた金属ものを放り出して逃げまわったことがあった。雷が去ったら、どこへリュックを投げ出したのかわからなくなり、日は暮れてくるし、大泣きしてしまった。まだ子供だった。

まあ何とか探し出して白樺湖までたどり着き、テントを張っていると、お姉さん風の（ぼくは高校生だったので）女性が声を掛けてきた。

「一人なの？」

訊《き》かれたので「そうです」と答えたところ、夜、キャンプファイヤーをやるからと誘われた。

飯盒《はんごう》で炊《た》いた御飯と鮭《さけ》の缶詰で夕食をすませ、女性に誘われた場所に出かけていくと、赤々と燃える焚火《たきび》を囲み十五人ほどの男女が大合唱していた。参加した手前、口をぱくぱくさせていたのだが、うたっている曲はたいていどこかで聞いたことのあるもので、なかでも一番勢いよくうたっていたのが「ノーエ節」とかいう歌だった。

〽富士の白雪ァ　ノーエ　富士の白雪ァ　ノーエ　富士のサイサイ　白雪ァ　朝日で解ける

うたい出しはこういう歌詞だ。

ぼくはこれをずっと「ノーエ節」という歌だとおもっていたのだが、本当は「農兵《のうへい》節」というらしい。れっきとした静岡県の民謡で「サイサイ節」とも呼ばれているという。一説によると、幕末の頃、横浜の野毛山で行われた軍事調練を主題にした「野毛の山からノーエ」の替歌で、明治になってから三島の花柳界で土地の歌として「農兵節」のタイトルで全国に宣伝し有名になったらしい。

歌声喫茶などが流行したのは一九五〇年代の後半から一九六〇年代の前半だろう。みんなで歌をうたうという現象は一つの団結を意味しており、ロシア民謡が多いのは、ロシア革命あたりの気分が入っていると考えていい。元気よくうたって「みんなで闘おうぜ」と気合いを入れるのだろう。わからないでもないが、何も大合唱しなくともとおもうのだ。しかしまあ、歌は世に連れ、世は歌に連れと言うし、みんなが楽しくやっていることだろうからここは良しとしておこう。

歌の話をもう少し。

ぼくは時々予言めいたことを口にするが、あんがいそれがよく当る。予言に根拠があれば占い師になれるのだろうが、ただ勘だけで口にしているところがいい加減といえないこともない。まあ七〇パーセントのピッタリ率としておこう。

そんなぼくの予言の大はずれが、悔しいことにカラオケの大流行だった。カラオケが出はじめた頃、あんなものはすぐにすたれるだろうと広言していたところそうはならなかった。流行はますます高まり、何とカラオケ・ボックスなるものまで現れた。実をいうとぼくも酒の勢いで何度か連れていかれたことがあるが、異様なところである。薄暗い部屋に五、六人で入り、そこにある曲名を書いた分厚い本から自分の持ち歌というか、これならうたえるという曲を選んでモニターTVにセットすると、曲が流れ出す。うたい手はマイクを持って熱唱する。うたい終るとみんなで拍手をする。

これを順番にくり返すのだ。やっぱり異様な世界だ。

ぼくの場合、ついていった手前うたうのを頑《かたくな》に拒否するのも気不味《きまず》いので、酔いの覚めないうちに短めの歌詞の歌を一曲（例えば吉田拓郎の「旅の宿」などを）やってあとはみんなの歌を聴くことにしている。ついてきたのに身をよじってまで拒否している人もいるけれどあれも何だか変だ。それと、歌はうたわないのに、ずっと分厚い曲名の入った本のページをめくったりしている人もいるけれど、あれもちょっと不気味だ。なかには進む道を間違えたんじゃないかとおもうほどに上手《うま》い人もいるけれど、あんまり熱唱されてもちょっと困る。まあ、遊びなんだから、と、そのくらいにおもっているのがいいのかもしれませんね。

そんなわけでカラオケはすたれるだろうというぼくの予言ははずれました。日本人は（外国人も同じかもしれないが）人前で歌をうたうのが好きなんですね。ちなみにカラオケセットを一番多く使用している県は千葉県だという。家庭用に一台、野外用（農作業用）に一台ということらしい。これはいつだったかラジオで聞いた情報です。

予言といえば十五年ほど前、ある著名な手相占いの先生の本の装画を描いたことがあった。先生がぼくの手相を見たいと言っていると編集者が電話してきた。そんなのは苦手だからやんわりとお断りしたのだが、その後、掌《てのひら》のコピーでいいからと言ってきた。仕方なくコピー機に両手をのせてコピーを取り編集者にわたした。一週間ほどして先生からぼくの手相について手紙がきた。

ぼくは運命線には特徴があって、月丘からのぼるＡＢの線と、生命線からのぼるＣＤの二本があるというのだが、このあたり専門的すぎてわからない。以下手紙をそのまま引用させていただく。

――ＡＢの運命線は、大衆の支持を得られるもの。これからますますイラストレーターとして人気が出るでしょう。

ＣＤの線は本来的に一匹狼《おおかみ》であり、独立独歩型の人生を歩んでいきます。会社組織などに所属するのは、本質的に向いていないのです。頭脳線はゆるいカーブを描き、月丘上部に届き、月丘もふっくらと肉づきがたいへんよい状態です。これは空想力、創造力ともにすぐれている証拠。今のお仕事は天職とも言えるものです。これは太陽線ＥＦと二本の水星線ＧＨ、ＩＪもなかなかよい線ですから金運もあります。と、いうことらしいんです。いやはや何とも恥ずかしい。実はこの後に女性運のことにも触れているのだが、ここに書くとさらに恥ずかしさが増すのでやめておく。この先生はロシア系の日本人（女性です）で、手相はロシア人である祖父から学んだという。その後、彼女と対談したのだが、手相を見るということはたいへん体力を消耗するとかで、一日三人くらい見るのが限度だと話していたのが印象的だった。伊勢丹《いせたん》デパートのところで時々見かけた「新宿の母」なる占い師は、あんな長蛇の列をさばいているのだからかなりタフなんだなあとおもう。

　占い師の方々には申しわけないが、ぼくはそれほど占いというものを信じていない。それほどと書いているが、ほとんど信じていないといっていい。いいことを言われても、悪いことを言われても、「ふーん、そうかあ」と、この程度にしかおもっていない。ただ一つだけ、占星術だけは、もしかしたらといった気持がある。つまり宇宙の法則のようなものは、これだけは信じざるを得ないのではないかということだ。例えば、夏の植物でアサガオというのがあるが、あれは朝にだけ咲き、昼にはしぼんでしまう。つまりアサガオにとっての宇宙の法則なのだ。ぼくは七月生れなのだが、七月に生を得たものの宇宙の法則があるのではないか。ないのかなあ。何だかよくわからなくなってきた。

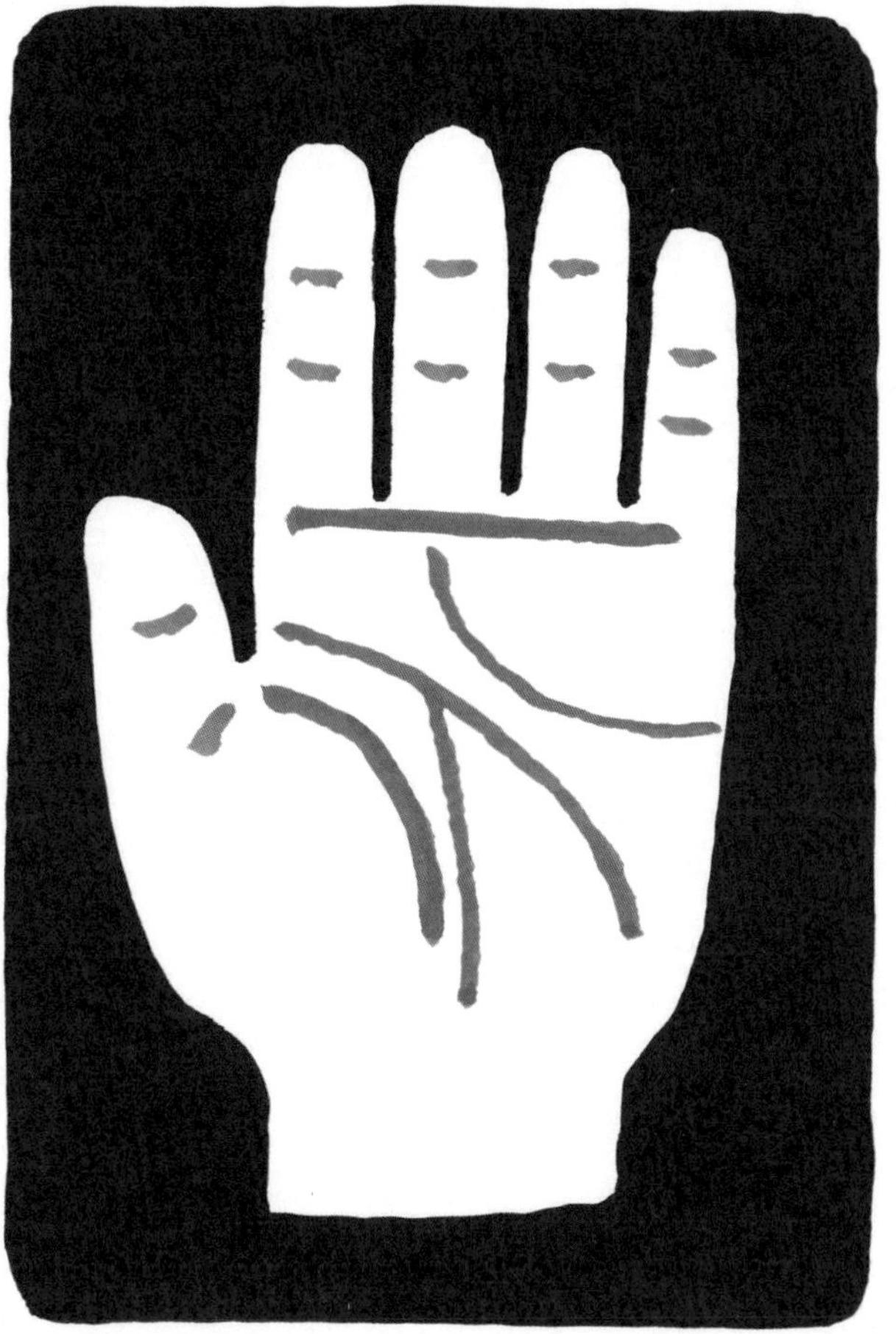

ここから和田誠　占い→怪奇的体験

占いやオカルトなどを、基本的には信じていない。基本的に、と条件をつけたところは少々及び腰であるが。

子どもが生まれて名前をつける時、親や先輩や姓名判断の専門家に頼む人もいるが、ぼくは自分でつけた。名前をつけるのは子どもに対する愛情や責任の表われの一つだと思ったからだ。

しかしなかなかむずかしいものであった。まず個性的でありたいと思ったが、奇抜すぎても困る。鈍吉というわけにはいかない。学校でからかわれたらかわいそうである。

もちろん語感のいいものがいい。字で読んでも耳で聴いてもこころよいのが理想だ。苗字《みょうじ》とのつながりも考慮に入れる必要がある。

で、名前を考え、いくつかの候補の中から一つに絞っておいた。ところが一人の友人が名前の本を貸してくれたのだ。同年代だが子どもに関しては二年ほど先輩で、自分が名前をつけた時に参考にした本だから、よかったら君も見てみたらいいと親切に届けてくれたのである。

折角だから、とその本を開いた。すると、ぼくが放り込んだ名の、姓とともに数える字画はひどく不幸を呼ぶ数だと記されていたのだ。

オカルトも占いも信じないと日頃言っているぼくだが、その名が不幸を呼ぶと書いてある本が一冊でもある以上、強引に押し切る度胸はない。さっき及び腰と言ったのはこういうわけである。

ぼくはあっさり引き下がり、振り出しに戻って別の名を考えた。今度はその本が太鼓判を押してくれただけでなく、字づらから言っても前よりいい名前になったように思える。そういう意味ではその本は効用があった。姓名判断そのものを信じたわけではないが、物事慎重に、ということは教えられたのだった。

太古の人は、風が吹くのも、雷が鳴るのも、火が燃えるのも、川の水があふれるのも、何でも不思議に思っただろう。どうしてそうなるのか説明ができない。神様がやっているのだ、と思えば納得できるような気がする。悪いことが起こるのは神様が怒っているのだと考えて、怒りをしずめようと捧《ささ》げ物をする。いいことがあればお礼をする。迷うことがあればお伺いをたてる。神様は直接答えてくれない。そこで通訳のような人を育てる。つまり、巫女《みこ》とか預言者とか。これがオカルトの起源だろうと思う。

自然界はバランスよく丸くおさまるようにとてもうまくできている。エコロジーというのは生態学のことだが、語源はドイツの生物学者による造語で、食物連鎖のやりくりを意味するのだそうだ。つまり魚Aは魚Bに食われ、魚Bは魚Cに食われる。小さくて弱い魚Aはたくさん生まれる。でないとすぐ滅びてしまうし、そうなると魚Bも食物がなくなって滅びてしまう、という仕組だ。

これは魚の世界だけの話ではなく、植物も雨も海流も、みんな関係がある。そしてもちろん人間も。

このうまいバランスを崩しているのは人間だ。川を汚し、森の木を伐《き》り、海水をせき止め、フロンガスを出し、その他もろもろで自然を壊している。どこかが壊れるとほかのところに影響する。それがまたほかのところを壊す。

人間が自分たちも自然界の一員で、このままでは自分たちもおかしくなってしまうということにようやく気づいたのは二十世紀も後半にさしかかってからだ。で、エコ

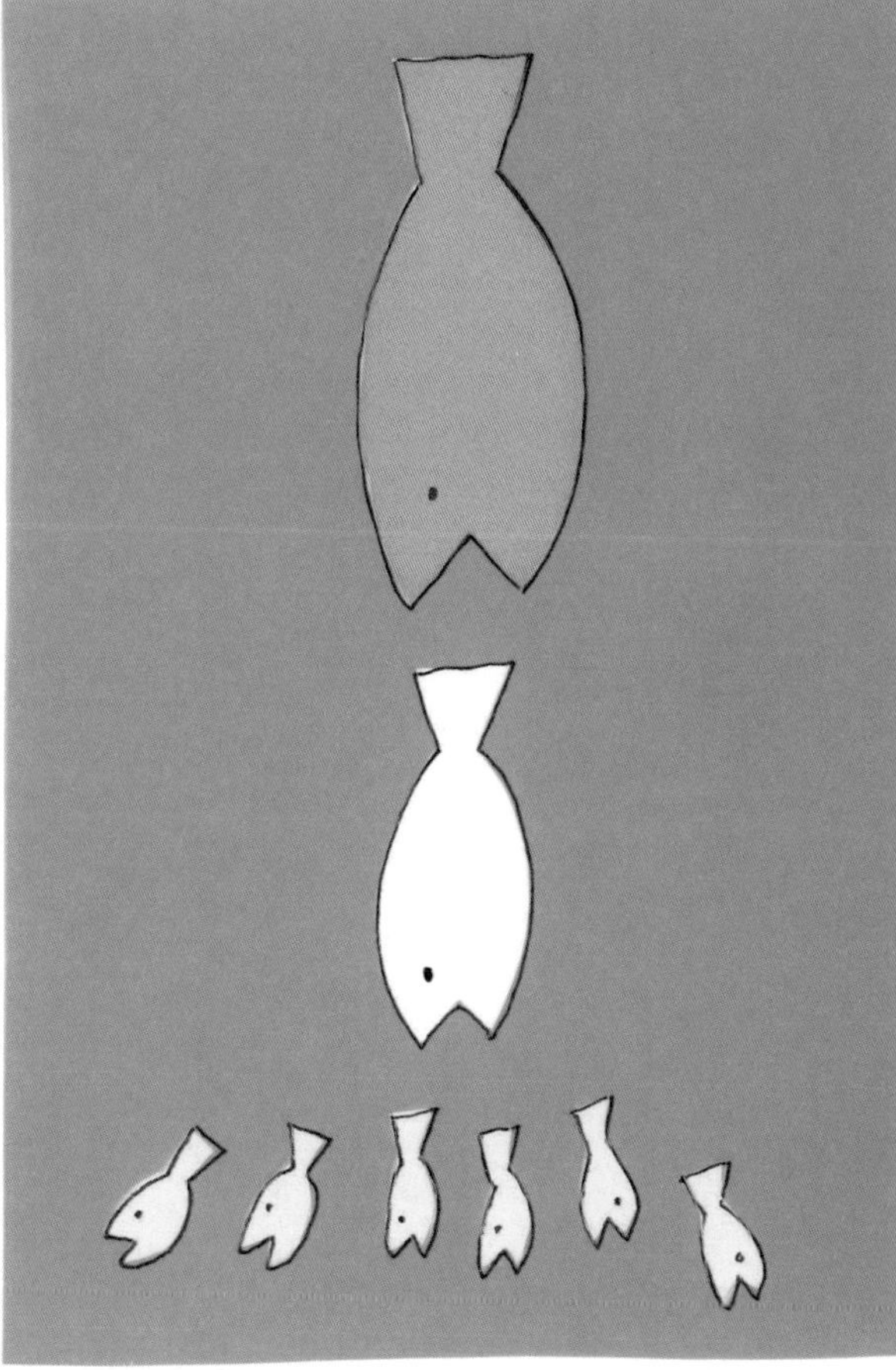

ロジーという言葉は、この問題をよく考えて地球を守ろう、というニュアンスで使われることが多くなった。それでも多くの人間は欲にかられてバランスを崩し続けている。

このバランスは有史前からの自然界の法則だったということは科学的にもわかっている。ではこの法則を誰が作ったのか。これは優秀な科学者でも困る質問らしい。だから現代でも神様に登場願うことが多いのだ。

いずれにしろ自然界はいたるところで連鎖していて、月の満ち欠けが蛸《たこ》の社会に影響を及ぼすこともあるのだろう。ひょっとしたら火星やら土星やらが人間世界に影響を与えているのかもしれない。

そうなると、占星術も信憑性《しんぴょうせい》を帯びてくるわけだが、でもね、海流が影響を及ぼすのはその地域の蛸界全体だろう。特定の蛸の八ちゃんだけを目指してその運命を決めることはないんじゃないか。同様に木星の光が地球に何らかの影響を与えたとしても、人間A君の結婚や人間W君の健康の面倒を見ることはないだろう、というのがぼくの説である。

ところで、ぼくは奇妙な飛行物体を見たことがある。中学生の時、夜、巨大な銀色の球体が水平にゆっくり飛んでいたのである。同級生と一緒に見たので幻覚ではない。UFOという言葉など知らない頃の話だ。あれが宇宙の生命体と関係があるのかどうかはまったく不明だが、こんな体験のせいで、UFOが存在しても不思議はないと思っている。

そもそもUFOとは未確認飛行物体のことだから、宇宙船とは限らない。某国の秘密兵器でもいいのだ。飛んでいて未確認ならUFOなのである。

それにこの広い宇宙の中には、地球以外に知的な生物のいる星があり、そこの連中が何かに乗ってやってくる可能性だってあるだろう。その場合でもとにかく乗物なのだから、飛んでいれば誰にでも見える筈《はず》だ。念力をかけると見える、なんてものは嘘《うそ》ください。

ある時、科学に詳しい楠田《くすた》枝里子さんと対談をするチャンスがあったので、UFOのことをきいてみた。彼女はそういうものの存在を否定はしなかったが、果てもなく広い宇宙と無限の時間の中で、複数の知的生物が出合う確率は極めて低いだろう、と言っていた。

「そんなものは科学的に立証できません！」と言下に否定されると頑迷すぎると思う

し、「UFO？　もちろんあります。私は乗りましたよ」などと言われると眉《まゆ》に唾《つば》をつけたくなる。楠田さんの意見は程よく納得できるものだった。

つまり、ベートーヴェンは確かに実在したが、ぼくたちは絶対に出会えないわけだし、オサマ・ビンラディンが生存していれば会う可能性は皆無ではないけれども限りなくゼロに近い、というようなことなのでしょうね。

幽霊のたぐいを信じてはいないが、怪談ばなしは大好きである。読むのも聞くのも話すのも好きだ。しかし怖い。信じていないなら怖くない筈だが、やはり怖いものは怖い。

友人知人の中にも怪奇的体験を持つ人がいる。そういう人たちの話を聞くのも面白い。とりあえず疑ってみるのだが、作り話にしては奇抜すぎたり、作家の創作とは別の味の、素朴でリアルな怖い話がたくさんある。

超自然現象だと信じてしまえばそれまでだけれど、超能力としか思えないような奇術にも必ずタネがあるように、怪奇実話にも何かがあるんじゃないかと、ぼくは考えている。やがて論理的に解釈できるようになるかもしれないと。

わが家にも一つ不思議な話がある。長男がまだ幼い頃の朝、妻が珍しく早起きして、

子どもの手をひいて代々木公園に行った。開門したばかりでまだ暗く、人がいない。静かで緑に囲まれて、妻は機嫌よく歩いていたが、子どもは遊び道具を持ってこなかった。やがて退屈してむずかり始め、「ボールがほしいよー、ボールがほしいよー」とだだをこねた。すると突然茂みの中からまっ白なスーツを着た若い男が現われ、大きなビーチボールを両手にはさんで「ボールをどうぞ」と差し出したのだ。妻は「ギャッ」と叫んで、子どもの手をとって逃げ出した。話はここまでである。

その日の夜、これを聞いたぼくは、「変なものが出たんだなあ」と何気なく言ってしまった。妻は顔色を変えて、「えっ、痴漢だと思って逃げたんだけど、あれはお化けだったの？」と大声を出す。ぼくは「そんなこと言ってない」と否定したが、妻の意識ではその若者はお化けということで定着したらしい。

ところで実際、彼は何者だったのだろう。出勤前の会社員だということはあり得る。しかしそんな人物がビーチボールを持って歩くだろうか。仮にそういう趣味の人だとして、彼がボールを持って公園に入ったら、見知らぬ子どもがボールを欲しがっていたという偶然があるだろうか。実に奇妙だ。

この話はわが家の謎《なぞ》の出来事として、二十数年語り伝えられているのである。

ここから安西水丸　怪奇的体験→騙《だま》された話

キツネやタヌキに抓《つま》まれたとかいう話を時々子供の頃に聞かされた。どのようにキツネやタヌキが人間を抓むのかとおもったが、やがて「抓む」は「化かす」、つまり「騙す」ということだと知った。今になってみれば「抓む」とは実に感じが出ている。

同じように、幽霊を見たというような話もよく大人たちに聞かされた。ぼくは臆《おく》病《びょう》な子供だったので、そんな話を聞かされた夜は恐《こわ》くて母の寝衣の袖《そで》をしっかり握っていなければ眠れなかった。

大きくなると、そんなことはまったく信じなくなった。誰かが幽霊の話をしても、むしろせせら笑っている方だった。

ところが、五年ほど前、何とも恐しい体験をしてしまった。これはほんとうにあった話だ。

場所は鳥取県の倉吉市にある打吹山《うつぶきやま》の一角にある長谷寺《ちょうこくじ》でのことだった。

打吹山は山陰本線倉吉駅からバスで二十分ほど走った倉吉旧市街（観光で知られる

白壁土蔵群はここにある）にあって、標高二〇四メートルの樹木がうっそうと繁《しげ》る秀麗な山だ。この山には室町時代に山名氏が伯耆《ほうき》守護所（やがて打吹城となる）を置いたが、その後さまざまな権力の移り変わりに巻き込まれ、江戸期に池田光仲《みつなか》が因伯（因幡《いなば》と伯耆）に封ぜられたことにより次席家老の荒尾氏が治めることになる。荒尾氏は有名な「鍵屋《かぎや》の辻《つじ》」の荒木又右衛門《またえもん》の仇討《あだう》ちにも関った一族で、明治維新まで打吹山麓に陣屋を構えていたという。

ぼくはこういう歴史話が好きで、つい夢中になってしまう。それで打吹山頂にある城跡を見てみようと、山道をてくてくと登りはじめたところ雨が降ってきた。歴史マニアとしては雨ごときでへこたれたりはしない。山頂まで登り、わずかに残る曲輪《くるわ》跡や石垣などを見た。

三十分ほどして下りかけたのだが、登る時にも気になっていた標識の前で足を止めた。

「荒尾氏墓地」とあり矢印がついている。墓地は長谷寺にあるらしい。寺は打吹山の西南中腹にあり、因伯きっての天台宗の古刹《こさつ》であるというが、この時点のぼくはまだそのへんについてはくわしく知らない。荒尾氏の墓が見たくなり、矢印の方向、つま

り長谷寺に向って歩きはじめた。小雨は降りつづき、昼下りの時刻ではあるがうっそうとした緑は夕方のようにあたりを暗くしている。道のところどころに野仏が並び何だか嫌な気分になったが、ただ荒尾氏の墓を見たい一心だった。

ようやく長谷寺の境内《けいだい》に入ると、三〇メートルほど先に鐘撞《かねつ》き櫓《やぐら》が見えた。

ゴーーン。

誰かが鐘を撞いた。

お待たせしたが恐怖の体験はここからが本番とおもっていただきたい。

――ああ、あそこで鐘を撞くことができるんだな。

そんなことをおもい、鐘撞き櫓の方に歩いた。すると鐘の陰から白い着物を着た若い女が現れた。その時点では顔はよくわからない。彼女が近づいてきたが、女の顔をじろじろ見るのははしたないと、ぼくはそれとなく顔をそむけてすれ違った。あとでおもったのだが、その時女の顔をよく見ておくべきだったのだろう。

――こんな雨のなかを白い着物なんかを着て、いったいどういう女なんだろう。

そんなことを呟《つぶや》きながら荒尾氏の墓をさがした。墓地のなかをあちこちと歩きまわりようやくさがしあてた。途中下り坂の細い道があり、墓地を見た後はここを下って帰ろうとおもった。

荒尾氏の墓は巨大な墓石だった。ぼくの身長（一七五センチメートル）よりも高かった。墓石に手を合わせ、途中にあった下り坂の道へと歩いた。

坂はおもったより急だった。用心しながら歩いたのだが、アトランティック・ワークス製のワークシューズをはいた足がずるっと滑った。

叫びそうになった瞬間、オシュコシュのジャンパーの衿《えり》を誰かが引っぱった。引っぱってくれたと書いた方が正しいのかも知れない。とにかく尻《しり》もちをつかなくてすんだのだから。おもわず振り返ったが誰もいなかった。

ぼくには転びそうになったのを、誰かがジャンパーの衿を引っぱって助けてくれたようにおもえたが、滑った時、足を踏ん張ったので身体《からだ》の動きで引っぱられたように感じたのかも知れない。

この下り坂は危いと、ぼくは来た道の方へもどろうとした。下りかけた坂を上ると、右手に荒尾氏の墓がある。

それとなく荒尾氏の墓の方を見た。瞬間、背筋がぞくぞくとなった。墓石の前に、先ほど鐘撞き櫓近くですれ違った白い着物の女がしゃがんでいたのだ。

気配を感じたのか、女がゆっくりと振り向こうとした時、ぼくは脱兎《だっと》のごとく駆けだしていたのだった。いやあ、おっかなかった。

長くなったが、ぼくの恐怖体験の実話はこれで終る。

この話を少し冷静に考えてみることにする。どうして白い女のしゃがんでいるうしろ姿に怯《おび》えたかということだ。

まず雨が降っていた。そのため周囲は夕方のように暗かった。場所が墓地であった。さがした荒尾氏の墓が異常に巨大だった。鐘撞き櫓から出てきた女が白い着物を着ていた。途中で見つけた道が急傾斜な下り坂であった。その道で滑ったこと。実は自分で踏ん張って滑るのを止めたのだが、誰かがジャンパーの衿を引っぱって助けてくれたとおもったこと。と、さまざまな条件が自分のなかで膨らんでしまったわけだが、やはりキー・ポイントは白い着物を着た若い女だろう。鐘撞き櫓から出て近づいてきた時に顔を見ていれば何てことはなかったとおもうのだが、それをしなかった。これがぼくのなかで妄想となってしまった。

だいたい坂道で滑った時、うしろからジャンパーの衿を引っぱって助けてくれる人などいるわけがない。白い着物の女だって、振り向いたら奇妙な無精髭《ぶしょうひげ》の男（水丸

である）が立っていたらびっくりするだろう。ぼくの方ときたら、振り向いた時女の口が裂けていたらどうしようなどとおもってしまったのだ。もしかしたら西田ひかるみたいだったかも知れないのに。

こうして考えてみると、恐怖心というのは自分のなかにある心理から出てくるんだということがよくわかって面白い。

ぼくはこの倉吉の打吹山事件を時々友人に話したり、大学で（日大芸術学部でイラストレーションの講師をしている）学生たちに話したりすることがある。

「コワーイ」

女子学生たちがそんな風に反応してくれると調子づいて、ついあれこれと脚色してしまったりする。詐欺師《さぎし》が嘘《うそ》を言っているうちに虚実がわからなくなってしまうという話をよく聞くが、自分でも適当に話していると、それが段々ほんとうにあった気分になってきて困る。

詐欺といえば一度、家のすぐ前の通りで寸借詐欺に遭ったことがある。

「あ、安西さん、その節は大へんお世話になりました。あの時は安西さんが一番よくしてくださいました」

小柄な中年男に、家を出てきた途端に言われたのだ。正直いって誰だかわからなかったのだが、何とか思い出そうと、それなりに話を合わせていたところ男が悲愴《ひそう》な表情で言った。

「わたし実は交通事故を起こし、相手が死んでしまい、ずっと千葉の交通刑務所に入っていたんです。一昨日出てきまして、昨夜は渋谷駅で寝ました」

昨日は何も食べておらず、水ばかり飲んでいたと男は言う。

「女房も子供を連れて家を出てしまい、そんなわけでマンションにも帰れないでいるんです」

男は話のなかでぼくの友人の名前を口にしたが、あとで考えるとどこにでもいる名前でもあった。

「安西さん、申しわけないですが一万円だけ貸してもらえないでしょうか」

その日、ぼくは必要があって大金を持っていた。人助けをしておけば、いつかいいことがあるだろう。ぼくは一万円を出して男に与えた。男は必ず返しますと言い、さらに付け加えた。

「安西さん、もう一万円何とかなりませんか。二万円あれば、わたしマンションに入れてもらえるんです」

結局、二万円まんまと騙《だま》し取られた。

男が口にした友人にすぐ電話した。

「水丸さん、人が良すぎますよ」

友人は即座に言った。悔しい。

ここから和田誠　騙された話↓ニセモノ

詐欺にあったことはないが、仕事をしてお金を貰《もら》わなかったことは幾度となくある。チャリティなど最初からノーギャラで引き受けるのは別として、報酬を期待して仕事をしたのに、支払いの前に相手の会社が潰《つぶ》れてしまう場合とか。

ほかにも思い出すことがある。

その人はある日訪ねてきて、「自分は新しい店舗や新しい会社のデザイン関係のコンサルタントをする小さなプロダクションを作ったところです。さっそく××デパートにハンカチーフを卸《おろ》している会社から注文がきました。和田さんのイラストレーシ

ヨンを入れたハンカチを提案したらＯＫが出ました。まずハンカチ用のイラストレーションをお願いしたいのです。次にバンダナ、スカーフ、テーブルクロス、というふうに展開してゆきます」と言い、さらに「私の目的は金儲《もう》けではありません。身の回りを美しいもので飾る。それを少しずつ広げることで、この社会を豊かにするという理想を持っているんです」と熱心に語った。

面白そうな仕事だし、彼の人柄もいいので引き受け、約束の日に絵を渡した。彼は「さっそく試作をしてすぐにお届けします」と言って帰った。

数週間後にやってきたので試作が見られるのかと思ったらそうではなく、「ハンカチは今慎重に作業を進めています。いいものを作るために時間をかけているんです。今日はそれとは別に、新しい店舗を立ち上げましたので、そこのマークをお願いしに来ました。その店というのは……」と再び熱心に語る。

わかったと言ってマークを制作した。それを渡してかなりの時間がたった。またやってきた彼に「あのお店はどうしたの？」ときくと、「ちょっと難航しておりまして」と言う。「ハンカチはどうなった？」「慎重に作業を進めています。今日は新しいプロジェクトの話です。それは今までにないタイプのもので……」

という具合にどんどん仕事を持ってくる。ところが一向に具体的なものが見えてこないのだ。

仲間にこの話をすると、「金は貰ってるのか」ときかれた。「いや、事が順調に運んでないので貰えない。仕事を持ってきた彼も貰ってないらしいからね」と答えると、「人が良すぎるよ」と言われてしまった。「君は会社や店からじゃなく、その男から仕事を依頼されたんだから、支払いの義務はその男にある。うまく仕事が進められないのは彼の責任だろう。リスクは彼が背負うべきで、君が犠牲になることはないよ」

その通りである。ぼくが正当な要求をすればいいのだが、もともとビジネスライクというのはぼくの苦手なジャンルだし、その上、相手は理想に燃えた誠実な若者なので、なかなか切り出せない。

そうこうしているうちに、また電話がかかってきた。「新しくできたグループがあります。そのグループのために……」

さすがにぼくもちょっとキレて、「前の仕事を一つでも実現させるか、一つ分でも支払いをしてから次の話をするべきじゃないの」と言った。

「おっしゃる通りです」と彼は悲しそうな声を出し、電話を切った。

それから十年ほど経《た》つ。ぼくは骨折り損をし続け、以後彼からは挨拶《あいさつ》もないのだが、困ったことに彼を憎む気になれない。それよりも、あの時きついことを言って悪かったかな、と思ったりする。つまり、相手は得な人柄なのだ。

得な人柄と言えば――。

一人の友人（著名な人だが特に名を秘す）がある日ぼくに語ってくれた話によれば、彼が生まれた家は大邸宅だったのだが、突然引越をして四畳半で親子三人暮らすようになり、数年後にはまた大邸宅に移る。そしてまた……という繰り返しの幼年時代を過ごしたのだそうだ。

「お父さんは何をする人だったの？」ときくと、「詐欺師だったんだ」と彼は答えた。詐欺が成功するとお屋敷に住み、失敗すると逃げ出して小さな家に移る、ということらしい。

「どんな詐欺をしてたの？」

「例えばね」と彼は説明する。

「金持の家を訪ねてこんなことを言うんだ。旧日本軍の莫大《ばくだい》な軍資金が羽田に埋蔵されているという文書を手に入れました。調べるとその場所は現在滑走路になっていま

す。金を手に入れるためにはそこを掘り起こさなくてはなりません。それにはまず滑走路を掘る許可を取る必要があります。滑走路を管理しているのは進駐軍です（その時代の話である）。自分は進駐軍の偉いさんを知っておりますが、許可を貰うには賄《わい》賂《ろ》を摑《つか》ませるのが早道です。次に掘り起こすためにかかる費用。それやこれや合わせて、これだけの額になります。私がそのうちの三分の一を用意しました。残りはこれこれで、ちょっと嵩《かさ》みますが成功すればその数十倍になります。残りの資金を出していただければ、儲けは山分けということにいたしましょう」

「そんな眉《まゆ》ツバの話に乗る人がいた？」

「それがいたらしいんだね」

「バレるでしょ」

「いずれバレるよ」

「訴えられたり捕まったりしなかった？」

「それがしなかったんだ」

「どうして？」

「その一、欺《だま》された人は自分が欲張りなことを知られたくない。その二、親父《おやじ》はいい人柄に見えた。親父が欺したんじゃなくて、親父もその人と一緒に誰かに欺されて損したように見えたらしいね」

「ふーん」

なかなか面白い話であった。

その二の「いい人柄に見える」というのは詐欺師にとって大切な条件だろう。見るからに怪しげな人物だったら誰も話に乗らないものね。

話をしてくれた友人はたいそう真面目《まじめ》な人物で、詐欺師の息子とはどうしても思えない。親子が似ているとすれば、親父さんも立派な人物に見えたに違いない。

さっき失敗すると逃げ出して小さな家に移ると書いたけれど、訴えられないのなら逃げ出す必要もないわけだ。とすると、もしかしたらこのお父さん、自分も資金を投入して、時々本当に貧乏になっていたのかもしれない。

前述したデザイン関係の若者が詐欺師だったと言っているわけではない。とにかく世の中にはいろいろな人物がいるんですよね。

昔話になるが、ぼくの偽者《にせもの》が横浜に現われたことがあった。

家でのんびりしていると電話が鳴ったので出たら、「横浜のナイトクラブ○○ですが、あなたのツケがかなりたまっているので払って下さい」と言う。ぼくはナイトクラブに行く習慣がないし、まして横浜まで足を運ぶこともない。親しい店ならツケで飲むこともあるけれど、支払いは早目に済ませないと落着かないタチである。「おたくに行ったこともありませんよ」と言うと、「ウソ言うんじゃないよ」と相手の声に凄味《すごみ》が加わった。「今度徴収に行くからな」

本当に来るのだろうか、ぼくのうちを知ってるのだろうか、と思っていたら数日後に本当に来たのである。黒スーツの目つきの鋭い男が、色の黒い外国人の大男を連れて。映画みたいだった。

黒スーツはドアを開けたぼくを見て、「やっぱり違うな」と言った。誤解は一瞬に解けたのだが、あとで考えてみるとあの時ぼくをぼくと認識した理由がよくわからない。弟かもしれないし、同居人かもしれないのに。経験上、勘が正しく働くのだろうか。

黒スーツに話をきいてみると、その偽者はイラストレーターの和田と名乗って何度もツケで飲んでいたという。そしてイラストレーターだと証明するために絵を描いてみせたそうだ。

「どんな絵だった？」ときいてみた。

「桜吹雪の絵に大和魂という文字」

おいおい、まるで違うじゃないか。

商売柄ぼくの名前が活字になることはよくあるが、テレビに出たり写真が載ったりすることはほとんどないから顔は知られていない。偽者にとっては便利な存在かもしれない。でも絵の特徴くらいは勉強しておいてほしかった。

黒スーツは言った。「あいつを必ずひっつかまえてやる。そしたらここへ引きずってきますよ」

「その必要はないよ」とぼくは言った。

「いや必ず連れてくる」と彼は断言したが、いまだに実現していないところを見ると、偽者はうまく逃げおおせているのであろう。

ここから安西水丸　ニセモノ↓ファン

先日、小説家の村上春樹さんと久しぶりに会った。

「六本木にぼくの名前を騙《かた》って悪さをしている男がいるというのを知ってますか?」

春樹さんは会うなり言った。

「そんな奴《やつ》がいるんだ」

「そうなんです。何でも六本木のクラブに出入りして、ぼく村上春樹ですって言って女の子をナンパしまくってるらしいんです」

「ひどい男だね」

「困った奴ですよ、ほんとに」

それにしても、村上春樹だからといって、引っかかる女も女だとおもったが、まあ彼の人気を考えればありうることだろうと納得した。

この偽村上春樹事件はやがて被害者が多くなり、K社の記者が張り込んで無事取り押さえたということは週刊誌の記事で読んだ。当の偽者氏は別に悪びれた様子もなかったというから、そうとうイカレタ男だったのだろう。春樹さんもTVに出たり写真が載ったりしない人だから偽者氏としては都合よかったにちがいない。そういう点では、世間で名前の知られている人たちは多少顔を知らせておいた方がいいのかもしれませんね。

自分の偽者が出たということはないが、一度こんなことがあった。

京都に出張の折り、知り合いの女性を誘い出し南座近くの路地にある居酒屋で飲んだ。相方は和服姿だった。

カウンターにはぼくたちの他、もう一組、中年男と若い女のカップルがいた。二人は何やらひそひそと話している。

ひそひそ話はいいのだが、ぼくが自分の連れに話しかけていると、一方のカップルからそれとなく観察しているような視線がつたわってくる。話をやめると、素早く向うもひそひそ話にもどるといった具合だった。

——何か気にされてるみたいだな。

ぼくはそんな風におもっていた。

やがてぼくも酔いがまわり、ぼくたちより前から店にいるカップルも酔ってきているようだった。

「あの、すみません。安西水丸って人に似てるって言われませんか？」

カップルの中年男が声をかけてきた。

「えっ」

返事に困った。「よく言われます」と、こんな場所で答えるのもおかしい。

「いや、そんなことはありません」

何と、ぼくはとんでもない返事をしてしまった。似ているも似ていないも、ぼくは安西水丸なのだ。

これで納まったとおもっていたところ、その後放たれた中年男の言葉がぐさりと突き刺さった。

「そうだよな、こんなところに安西水丸がいるわけないよな。あの男の行くところはいつも銀座だからな」

な、何という発言。ぼくは決して銀座に入り浸っているような男ではない。このままにしておくと、中年男に何を言われるかわからない。

「あ、先ほどは失礼しました。実はぼくは安西水丸です」

まったく自分は何をやっているのか。気まぐれで入ったこんな居酒屋で、と、おもったが仕方ない。告白した。

ところがである。

「まさかあ、冗談でしょう。あの人はこんな飲み屋には来ないでしょう」

「いや、ほんとにぼくなんですよ、安西水丸なんです」

「嘘《うそ》でしょう。似てるとはおもうんですがね」

「ですから、ぼくなんですよ」

こんなやりとりが十分ほどつづき、ぼくは疲れ果てて店を出ることにした。

「災難やったなあ、しんどかったのとちゃいます」

彼女に慰められた。こんな時の京都言葉はいいものだ。それにしても、人間素直であるべきだとつくづくおもった。

京都といえば、ぼくがはじめて京都へ行ったのは高校の修学旅行の時だった。観光バスのガイドさんは湯川京子さんといい（彼女とはしばらく文通していたが、この人は何と二十代で病死した）、顔も声もとても美しかった。

バスが四条大橋を渡ると、遠く正面に八坂神社の赤い鳥居が見えた。彼女が歌をうたった。「祇園小唄《ぎおんこうた》」だった。まだカラオケなどない時代である。

〽月はおぼろに東山
霞《かす》む夜ごとのかがり火に

何と美しい。この瞬間、ぼくの京都幻想はでき上ってしまった。

京都にしてみれば、こういった青臭い幻想は迷惑だったにちがいない。

月日は流れたがぼくの京都幻想はつづいた。そして四十代に入った頃だった。おもいがけず、京都の某美術専門学校でイラストレーションの講師に招かれたのだ。引き受けることに何のためらいもなかった。

月に一回、京都に通うことになった。

京都人の腹はわからないと、世間の人は口にするが、もちろんぼくはそんなことはおもわなかった。妙な言い方だが、その点ぼくは「京都人善人説」の信者だったといっていい。

そんなぼくのなかで、何かもやもやとしたものが湧《わ》き上ってきた。一年二年と、月一で通ううちに何かおかしいぞとおもえてきたのだ。意地が悪いとか、そういうことではなく、どこに行っても、何か話しても、何か嫌な気分が残る。仕事を終え、新幹線で東京へもどる時も、車中、何かすっきりしない気持でいることが多い。

——もしかしたら、とてつもなく嫌なところなのかもしれない。

ある時ふとそんなことをおもった瞬間、今まで気にもとめなかったささいなことが何もかもたまらなく嫌におもえてきたのだ。

よく言われるように、京都には「一見《いちげん》さんお断り」の店が多い。仮に紹介者がいたとしても、その紹介者といっしょでないと店の人たちが何となくよそよそしい。「京都人善人説」を信じていただけに、騙《だま》されたとなると（騙してはいないのだが）おもいは怨《うら》みに変わる。

困ったものだ。自分で勝手に頼まれもしない幻想をつくり上げておきながら、そうではなかったとなるとおもいを憎しみに変える。

ある作家がぼくに訊《き》いたことがある。

「水丸さん、京都好きですか？」

「いや、どうもこのごろは苦手でして」

ぼくは答えた。

「嫌なところですよねえ」

作家は「嫌なところ」に力を込めて言った。ぼくは同調した。

「でもさ、水丸さん、あの京都の嫌なところ、そこがさ、時々何かいいなあとおもう

時があるんだよね」

　この作家は京都に対して一皮剝《む》けているなとおもった。嫌だけど、時々そこが好きだという、これは見事な京都評でもあった。

　前述したようにこのようなぼくの京都へのおもいは、迷惑なことだろう。勝手に好きになって、おもいどおりでないとなるとその逆になる。

　このあたりのいきさつをシナリオライターの友人に話したことがあった。

「ファンの心理に似てるな」

「ファンの？」

「そう、水丸だってファンは多いだろう？」

「どうかな」

「水丸のこと好きだ好きだって言ってるファンがいてさ、でも、そのファンは水丸のことを勝手に自分の水丸だって決めてるんだよ。水丸さんはこんな人だっておもい込んでるわけ。だから、ちょっとでも自分のおもいと違うことを水丸がするとさ、こんなはずじゃなかったって」

「なるほど」

「難しいんだよ、ファンってのは。気をつけないと」

「ああ、でも、ぼくの場合はそんなに。まあ、多分ね」

「何言ってんだよ」

世のなか、いろいろ面倒なことが多いということだろう。

そういえばぼくにもひと時ファンクラブなるものがあった。それも妙齢のスチュワーデスばかりという何ともゴージャスなものだった。辛《つら》かったなあ。

いつの間にかなくなった。ほっとしている。

ここから和田誠　ファン↓ジェイムズ・ステュアート

ぼくのファンクラブなどもちろんないし、ファンレターが来ることも滅多にない。年賀状も暑中見舞も出さない面倒臭がり屋なので、ファンレターが来たとしても返事を書かないだろう。そういう無愛想な奴だとバレているらしい。

いろいろな方から著書を贈られるが、礼状を書くことは稀《まれ》である。これではいけないと反省はしているのだが。自分も本を出し、人に贈る。礼状が届く。たいそう丁寧に感想を記して下さる方も多くて、とても嬉《うれ》しい。だったら自分もそうすればいいじゃないかと思いつつ、なかなか筆が進まない。困った性分だ。

ある日、友人の一人が「本を贈られた時、その本に興味がない場合は著者に送り返すことにしている」と言ったので魂消《たまげ》てしまった。

「相手も傷つくだろうし、こっちも手間がかかるのに、どうしてそんなことするんだ」ときいた。「要らない本は邪魔になるだけだ。でも捨てるのはもったいない。その本を必要とする人もいるだろうと思って送り返す。著者は改めて必要としそうな人に贈る。無駄がなくていいだろう」と彼は答えた。

うーむ、正しいような気がするなあ。しかし相手の気持を思うと、ぼくにはそんなことする度胸はない。彼からまだ本を送り返されていないので、ホッとするばかりである。

ファンレターを出したことは何度もある。高校時代の話。

まず、ウォルト・ディズニーに。英語もろくに書けないくせに〝ぼくは「白雪姫」が好きです。「ピノキオ」が好きです。「バンビ」が好きです。ミッキー・マウスが好きです〟などと書いたのだ。

一、二ヵ月後、学校から帰ると、ディズニー・スタジオから大型の封筒が届いていた。震える手で開く。中にカラーで刷られた「不思議の国のアリス」の絵が入っていた。その時期ディズニー・スタジオは「アリス」を製作していたのだ。登場人物勢揃《せいぞろ》いの絵。下の余白にディズニーの署名。直筆か……と胸がときめいたが、それも印刷だった。

次は淀川長治《よどがわながはる》さんである。その頃淀川さんはぼくの愛読する雑誌「映画の友」の編集長。自らハリウッドへ行っては嬉しそうにスタアと並んで写真を撮ったりしていて、映画評論家と言うよりも、映画ミーハー大先輩に思えた。

ぼくは映画ファンの度合が嵩《こう》じて同級生と話が合わなくなり、そこで少々マニアックな手紙を淀川さんに書いて欲求不満解消を図ったのだ。

期待はしなかったが淀川さんからハガキが届いた。「映画ファンなら友の会にいらっしゃい」と書いてある。「友の会」とは「映画の友」の愛読者会だ。

おっかなびっくり「友の会」会場に足を運ぶ。大学生から社会人まで百人ほどの人が椅子《いす》に坐《すわ》っている。ぼくは最年少だろう。「友の会」ＯＢらしき人の話を前座に淀川さんが登場。淀川さんのお話を聴くのがメインである。

淀川さんの話術はその頃すでに完成されていて、実に面白い。面白いが、まだ試写でしかやっていない映画について微に入り細に入り語ってくれるので、ミステリものなど犯人から何から全部わかってしまう。これでは自分が観《み》る時の楽しみがなくなるなと思い、「友の会」には二、三度行くにとどめた。

時は二十数年流れ、ぼくが『お楽しみはこれからだ』という映画に関する本を出したので、ある雑誌が淀川・和田対談を企画した。対談の前に、「ぼくは高校時代、友の会にうかがったことがあります」と挨拶《あいさつ》をした。淀川さんは「そうなの。ちっとも知らなかった。永（六輔《ろくすけ》）さんが来てたのは知ってるけどね」と意外な顔をされた。

その後、淀川さんは「友の会」の思い出を語る時、「永さんも和田君も私の生徒さんだったんですよ」と言うようになり、やがて「友の会時代の和田君、よーく憶《おぼ》えてますよ。永さんと並んで坐ってね。永さんはよくしゃべる子だった。和田君はおとなしい子だったねえ」というふうに変化して行った。

ご本人は嘘を言うつもりはなく、話をしているうちに、頭の中にそんなイメージができあがってしまったのだと思われる。迷惑ではないのだが、正確でないのがちょっと問題。

淀川さんはフィルムが現存していない映画についても語ることがあった。それも頭の中で変形しているんじゃないか、と疑いたくなるのが困るのだ。

次は中学時代から好きな俳優だったジェイムズ・ステュアート宛《あて》。

手紙の内容は「ジェファーソン・スミスが好きです。トム・デストリイが好きです。マコーレイ・コナーが好きです。モンティ・ストラットンが好きです。リン・マカダムが好きです。エルウッド・ダウドが好きです。グレン・ミラーが好きです。そしてジェイムズ・ステュアートが」

彼が扮した人物の名を書き連ねたのである。アイ・ライク誰々でいいから、勉強のできないぼくにも書ける。ジェファーソン・スミスは「スミス都へ行く」の主人公。以下「砂塵《さじん》」「フィラデルフィア物語」「甦《よみが》える熱球」「ウィンチェスター銃'73」「ハーヴェイ」「グレン・ミラー物語」。

そして一枚、彼の似顔を描いて同封した。鉛筆で丁寧に描いたものだ。

返事が来た。タイプライターによる手紙と直筆のサイン。〝素敵な手紙と「ハーヴェイ」の時の私を描いた絵をありがとう。あなたは才能があるようですね。次に公開される私の映画は「戦略空軍命令」です。これから新しい西部劇「ララミーから来た

男」の撮影に入ります。別便でサイン入り写真を送ります〃。

　目茶目茶嬉しくてしばらくはしゃいだあと、待てよ、あれほどの世界的スタアが、ファンレターにいちいち目を通すだろうか、秘書が読んで代筆してるんじゃないか、と考えた。きっとそうだ。

　一方、こうも考えた。ぼくは似顔絵を送ったが、それが「ハーヴェイ」の時の彼だという認識はなかった。それを「ハーヴェイ」だと特定したのは、本人が見たからではないのか。開封したのは秘書でも、「ステュアートさん、こんな手紙が来ましたよ。ひどい英語だけど、絵が入ってますよ」なんて言って本人に渡した、という可能性がないとは言えない。

　わからないが、嬉しいことに変りはなく、この手紙は何かにつけて友だちに見せて自慢していた。

　その二十年ばかり後、映画評論家の山田宏一《こういち》と知り合ったので、彼にもこれを見せびらかした。彼は、この手紙は本人が書いたものだと鑑定した。根拠はやはり「ハーヴェイ」の件《くだ》りである。そして「和田誠は高校時代、ジェイムズ・ステュアートに絵を賞《ほ》められたので、イラストレーターになる決心をした」という説を打ち立ててしまった。

それからさらに十五年ほど後のこと。「週刊朝日」編集部から電話があった。「ジェイムズ・ステュアートさんが来日します。対談してみませんか」というお誘いだ。

「やりますやります」とぼくは興奮して答えた。

ステュアート氏は第一回東京国際映画祭にゲストとして招かれたのだった。その時七十七歳の長身のスタアは、対談の場所に一人で現われた。

ぼくは自己紹介（もちろん通訳つき）をして、貰《もら》った手紙を見せた。本人が憶えている筈《はず》はないが、興味深そうに日付を確認していた。「その手紙であなたに絵を賞められたからイラストレーターになったのだ、と言われています」と言ったら、たいそう嬉しそうな顔をしてくれた。映画と同じような人柄だった。

「スミス都へ行く」で、ステュアート扮する青年議員スミスが、議会で二十数時間にわたって演説するシーンがある。だんだん声が嗄《か》れてくる。ああいう演技は大変だったでしょうと訊《たず》ねた。その答。

「あのシーンは五日かかりました。最後の日に監督に〝あんなにしゃべったのに声が嗄れないのはおかしいじゃないか〟と言われてショックを受けて、医者に行って〝先生、喉《のど》を悪くしてください〟と頼んだんです。医者は〝私は人々の健康のために三十年も頑張ってきた。それなのに、君はわざわざ悪くしてくれと言う。ハリウッドにはクレイジーな奴《やつ》がたくさんいるが、君がいちばんんだ。よろしい、最悪の扁桃腺《へんとうせん》をあげよう〟と言って、害のない程度の水銀系の薬を二、三滴、喉に落としてくれたんですよ」

ここから安西水丸　ジェームズ・スチュワート→IVY《アイビー》ファッション

高校生の頃、日本（東京）に、にわかにIVYファッションなるものが登場した。銀座のみゆき通りに、マドラスチェックのシャツ（ボタンダウン）にバミューダーショーツなる半ズボンの若者が群がり、彼等は「みゆき族」と呼ばれた。高校生だったぼくも、このIVYファッションの直撃を受けたのだが、さすがにみゆき通りにまでは出かけなかった。

ぼくは意外と流行にはすぐとびつくのではなく、どちらかというとじっくりと取り入れていく方だった。流行が去る頃にようやく少しずつ身につけるといった具合で、

VAN

ＩＶＹファッションには目を見張ったが、頭の天辺《てっぺん》から足の爪先《つまさき》までそれでキメるということはしなかった。

ＩＶＹファッションがいいとなると、まずそれを一番恰好《かっこう》よく着こなしている人は誰かと、そんなことからはじめた。当時このファッションのお手本は圧倒的にアンソニー・パーキンスだったが、ぼくは違っていた。何とジェームズ・スチュワートだったのだ。

ジェームズ・スチュワートの映画はあれこれと見ていたが、ＩＶＹファッションと結びついたきっかけはマービン・ルロイ監督の「連邦警察」だった。

恰好いいなあとおもったのはズボンのはきこなしで、特に注目したのは股《もも》のあたりのだぶっとした感じだった。

当時ＩＶＹといったら「ＶＡＮ」というメーカーが有名で、いつもそこの洋服を愛用していた。スーツで95というサイズを買うと、上衣《うわぎ》はぴったりなのだがウェストが七十三センチと太かった。上背はある程度あったものの、痩《や》せっぽちのぼくのウェストは、その頃七十センチしかなかった。仕方がないのでウェストだけ三センチ詰めてもらうと、股のあたりが少しだぶだぶっとして、そこがジェームズ・スチュワートのはくズボンの感じと似ているとおもっていたのだ。つまらないことだが、そんなところに他のＩＶＹファンの気づかない点を見つけたと得意になっていたのだろう。いずれにせよジェームズ・スチュワートは、ぼくの洋服の着こなしのお手本だったわけです（ケーリー・グラントにいかないところが憎くありませんか）。これは自慢です。

ＩＶＹが植物のツタであることは誰でも知っているとおもう。アメリカ東部の有名な私立大学八校をＩＶＹ大学と呼ぶのは、各年度の卒業生が、記念にＩＶＹを植えることからだという。この八校はハーヴァード（マサチューセッツのケンブリッジにある全米最古の大学、創立一六三六年）、イエール（Ｊ・プレスのパトロン校で、創立一七〇一年）、プリンストン（オレンジと黒のスクールカラーが知られている。創立一七四六年）、ペンシルバニア（創立者はフランクリンで、創立一七四〇年）、コロンビア（ニューヨークのマンハッタンにある。創立一七五四年）、ダートマス（グリーンとインディアンのマスコットで知られている。創立一七六九年）、ブラウン（スクールカラーは校名と同じブラウン。創立一七六四年）、コーネル（ＩＶＹ大学では一番新しい。創立一八六五年）ということになっている。

この八校で競うアメリカン・フットボールの対校試合はよく知られている。八校はまとめてIVYリーグと呼ばれている。フットボールの試合は今、八校の他に陸海両軍の士官学校が加えられ、十校で優勝を競っている。

　それにしてもアメリカの大学は、マーク（エンブレム）にしろペナントにしろさり気なくいいものを創っている。また学生もそれを楽しんでいる。ぼくも校章とかは結構気にする方で、学校を選ぶ時はいつもそれを重要視していた。今は違うが、高校生の頃、神田神保町にある「三省堂書店」の包装紙に東京の高校の校章がちりばめてあり、それをよく見ていたので校章でたいていの学校がわかった。こういうことって大切なのかどうかわからないけれど、とにかくそんなことが好きだった。

　ぼくは大学四年の初夏に広告代理店の電通を受験したのだが、面接の出立《いでた》ちは「VAN」製のチャコールグレーのサマー・スーツにシャツは白のオックスフォードのボタンダウン、ネクタイはレジメンタル、アーガイルのソックスに茶色のウィング・チップの靴といった、気恥しいほどのIVYでキメていた。面接に立ち会った重役たちが、それぞれ気のきいたというか、内容のある質問を受験者に発していくのだが、ぼくの受けた質問は次のような一言だけだった。

「君、その靴はどこで購入したのかね？」

BROWN
COLUMBIA
CORNELL
DARTMOUTH
HARVARD
YALE
PRINCETON

一瞬はっとなって答えた。

「はい、銀座のワシントン靴店です」

これでは合格するはずがない。落胆して帰宅したのだが、数日して届いたのは何と合格通知だった。前述したように当日はいていたのは茶色というか、チョコレート色をしたウィング・チップの靴。この時ばかりは、さすが電通の重役、憎いところを見ているなとおもった次第である。ちなみにウィング・チップとは、先端にボッボッと小さな穴飾りのある靴のこと。

入社して配属されたのが、国際広告制作室という、日本の企業や製品を海外の雑誌に宣伝するといったところで、コピーライターはすべてアメリカ人だった。デザインは当然横文字を使っていた。

この部署のいいところは、毎週世界中から雑誌が届くことで、ぼくはここで各国のイラストレーターたちを知ることができた。一九六〇年代はアメリカの広告の黄金時代でもあり、「ライフ」や「マッコールズ」といった雑誌広告には大いに影響を受けた。反面この部署は服装にうるさく、ボスはよくこんなことを言った。

「お昼を食べた後、国連に飛べと言われても恥かしくない恰好をしてこいよ」

つまり、ランチを食べて部屋にもどったら、突然ニューヨークの国際連合本部まで行って来いと言われても、そのまま出かけられる服装をして来なさいということなのだ。まったく、よく言うよとおもったが、確かにアメリカ人のコピーライターたちの服の着こなしはいろいろと勉強になった。

電通には四年半ほどいて退社、ニューヨークへ渡った。二十代のうちにどこか外国で暮そうと考えていたので、二十七歳になったところであせって実行したのだ。

小さなデザインスタジオに職を見つけ、はじめに借りたウェストサイドのアップタウンにあるアパートからバスで通った。アパートの地名はリバーサイド・ドライブといい、目の前をハドソン川が流れていた。ハドソン川とアパートの間にリバーサイド・パークという細長い公園があって、よくそこでハドソン川の対岸に沈む夕日を眺めた。

職場は42ストリートの、五番街と六番街（アベニュー・オブ・ザ・アメリカスともいう）の間にあって、ここも目の前はブライアント・パークという公園だった。どうせまともな会社などには入れないんだから、せめてニューヨークらしい場所にある職場とおもい選んだのだ。

半年後、アパートに泥棒に入られ、嫌な気分になったので、イーストサイドの83ストリートのヨークアベニューのアパートに引っ越した。ここはすぐ近くがイーストリバーだった。職場へは、86ストリートのレキシントンアベニューまで歩き地下鉄で42ストリートまで下った。

夏、マジソンアベニューの46ストリートの洋服店に入ると好きなＩＶＹ調の服であふれていた。

「いいスーツ着てるね」

マジソンアベニューで買ったスーツを着ていったら職場の副社長（サルバドーレといい、通称サル）に言われた。

「東京にＶＡＮという好きな店があり、そこの服に似ているので買った」

ぼくはそんなことを言った。彼がスーツの上着の衿《えり》を指で返し商標を見た。

「それは逆じゃないのか」

ぼくが入ったマジソンアベニューの店はＩＶＹの総本山ともいうべき「ブルックス・ブラザーズ」だったのだ。

知らないということは恐しい。

職場のボスも副社長も、シシリーからの移民の子供だった。乱暴な口をきく割には男気があってやさしかった。

ここから和田誠　IVYファッション↓アルファベット順とアイウエオ順

ぼくにも「洒落男《しゃれ》」を目指して頑張った日々があるが、たちまち挫折《ざせつ》した、という話は前にも書いた。昔のことで、二十代のぼくはアイヴィ・ルックでキメようと思ったのだった。

憧《あこが》れはブルックス・ブラザーズだ。と言っても日本に支店が出るよりはるか以前のこと、お洒落に関して幼稚園児のぼくがブルックス・ブラザーズを知っていたわけはない。その名を教えてくれたのはモダン・ジャズのピアノの名手で、ダンディな八木正生《まさお》である。

ぼくより少し年上の八木さんは、たいていブルックス・ブラザーズのシャツを着て、両切のアメリカたばこを吸っていた。仕事のない夜は自宅でイアン・フレミングを読みながらスコッチ・ミルクを飲んでいた。ぼくにドン・ペリニヨンなるシャンペンの存在を教えてくれたのもチーズ・フォンデュなる食べ物を教えてくれたのも八木さんだった。

八木さんにその良さを吹き込まれたため、ぼくの中でブルックス・ブラザーズのイメージが膨らんで、ブレザーを作りたくなったのだが、日本では注文のしようがない。そこでアメリカに行く友人に頼んでブレザーの釦《ボタン》だけを買ってきてもらい、こっちで作ったブレザーにその釦をつけて、本場ものを着ている気分になっていたのである。

そのブレザーを仕立てたのは、ぼくより年下の、ブルックス・ブラザーズを師と仰ぐ洋服屋さんだ。まだ無名時代の三宅一生《みやけいっせい》の紹介だった。洋服屋と注文主という関係でなく、たちまち友だちになり、新婚時代の彼の家に上がりこんでは夕食などご馳走《ちそう》になっていた。彼は店を出さずに自宅で仕事をしていたため、仮縫のあと食事を出してくれたりしたのだ。

彼はユニークな洋服屋で、猫背のぼくを「姿勢が悪い、それじゃ服が似合わない」と叱《しか》ったりした。「スーツを着たら手を背中で組むな」とも言った。その上「俺の服を着たらヘアスタイルもちゃんとしないとなあ」と言い、裁ち鋏《たばさみ》を使って散髪までしてくれた。

やがてぼくは洒落男をあきらめ、服装に関心を払わなくなった。洋服も作らなくなったのだが、髪がのびてくると彼の家を訪ね、散髪だけしてもらっていた。ぼくにとって彼は洋服屋でなく床屋さんになってしまったのだが、彼は笑いながらそれに甘んじていた。

彼には弟がいた。弟はシャツ屋をやっていた。兄貴がブレーンに加わり、既製シャツ会社を始めた。会社は下町にあった。弟は近所の仲間を連れて六本木の兄貴の家にやってくる。下町の仲間は魚屋のアンちゃんとか鳶《とび》のおにいさんなどである。それに兄貴の仲間が加わる。兄貴の仲間はイラストレーター（ぼく）であり、若いくせに何《な》故《ぜ》か往年の雑誌「新青年」のことなら何でも知っているという男であり、中国史研究家兼もろもろ評論家の草森紳一《しんいち》である。この奇妙な取り合わせのグループは、よく夜中まで酒を飲みながら、わいわいやっていたものだ。

ところが兄貴は内臓を悪くして、若いのに突然逝《い》ってしまった。弟は一人で頑張ってシャツ会社を続けていたが、数年後交通事故に巻きこまれて死んでしまった。うらやましいほど仲のいい兄弟で、明るく人柄のいい二人だったのに、あっけなくいなくなったのである。人間の運命の不公平ということを、しみじみと考えさせられた。

二人でやっていたシャツ会社の名前は「サブ・ブラザーズ」。弟の名がサブちゃんだったのだ。ブルックス・ブラザーズにあやかる気持もあっただろうと思う。

例のブレザーを作った時に比べるとぼくはすっかり体型が変っているので、もう着られない。妻は「着られないものを置いといても場所をとるだけだから処分したら」と言うけれど、やはりとっておきたいのである。

ぼくの初めてのアメリカ行きは七〇年ごろで、八木正生さんが「ラスヴェガスを案内してあげよう」と言ってくれたのがきっかけだ。サンフランシスコに着いたらすぐに、八木さんはブルックス・ブラザーズにぼくを連れて行った（本店はニューヨークだが）。ぼくはすでにお洒落から遠ざかっていたが、この店を無視するわけには行かない。ゆっくり店内を見て、数本のネクタイを買った。

その後もあちらでブルックス・ブラザーズの前を通ると、ついネクタイを買ってしまう。普通の柄ではなく、ユニークなものを選ぶ。イラストレーションがちりばめられているものが楽しい。猟師と猟犬、パイプ、雪だるま、恐竜、骸骨《がいこつ》、赤ん坊を運ぶコウノトリ、などなど。帽子をかぶったペアのネズミの柄があったので、これは何だと店員にきいたら、「クリスマス・マイス」だと答えた。マイスがマウスの複数だと

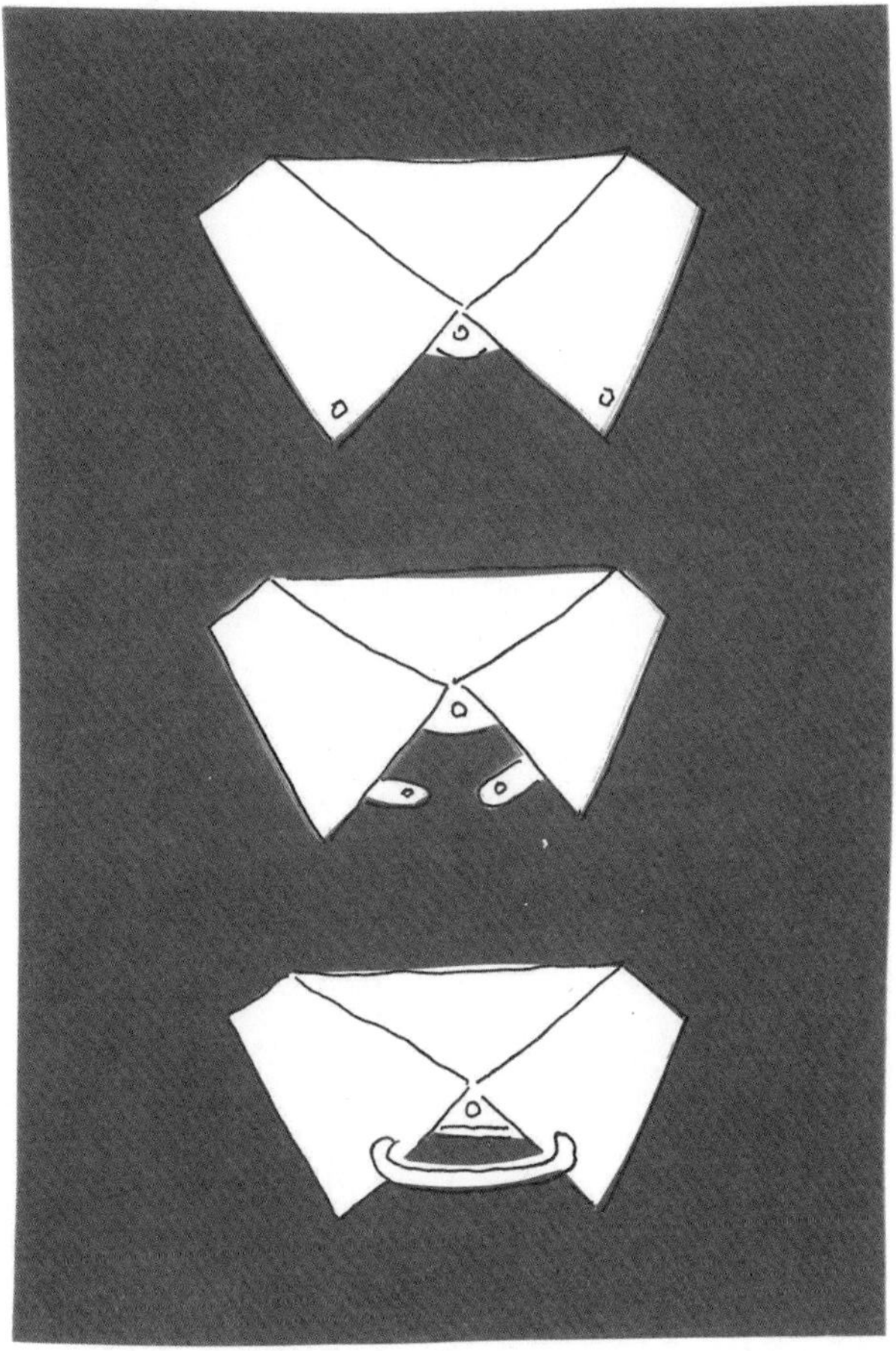

いうことはわかるが、クリスマスの二十日鼠《はつかねずみ》は何だかわからないので再び訊《たず》ねた。店員は何か説明してくれたが、言葉がむずかしくてわからず、それっきりになっている。

そんなわけでネクタイはたくさん持っているが、今はスーツを着ることはほとんどない。宝の持ちぐされである。

ブルックス・ブラザーズの由来は知らないが、ブルックス兄弟商店なんでしょうね。リングリング・ブラザーズというサーカス団がアメリカにあった。これも兄弟で経営していたのだろう。映画ファンになじみの名前はワーナー・ブラザーズである。これは間違いなくワーナー兄弟の映画会社だ。

喜劇俳優のマルクス・ブラザーズも有名である。グルーチョ、ハーポ、チコ、ゼッポの四兄弟でまず舞台に、それから映画に出て人気者になった。後にゼッポが抜け、三人で出演を続けた。

三人が作った映画の一つに「マルクス捕物帖《とりものちょう》」がある。原題は「カサブランカの一夜」である。ワーナー・ブラザーズが作った「カサブランカ」が評判になったあとなので、ワーナー社長がマルクス兄弟に抗議をした。題名がまぎらわしいので変更しろ、という抗議。それに対してグルーチョは言った。「ブラザーズはこっちの方が早い。題名を変更するからそちらは社名を変更しろ」。ワーナーは抗議をひっこめたそうである。

グルーチョ・マルクスは皮肉なジョークを得意とし、映画の中と同様、私生活でも活用していたらしい。ウディ・アレンの「アニー・ホール」の冒頭で、「私に会員資格を与えるクラブには入会したくない」というジョークを、グルーチョの作だと紹介している。

このジョークは矛盾をはらんでいて面白い。「あたま山」みたいである。「あたま山」は自分の頭にできた池に飛びこんで自殺する、というシュールな日本のお話だ。で、もう一つ、矛盾の度合が強烈なジョーク。

「私には嫌いなものが二つある。一つは偏見を持つ奴《やつ》、もう一つは黒人だ」

これは六〇年代にアメリカの反体制雑誌「ＦＡＣＴ」で読んだもの。その号では黒人差別問題を採り上げて、黒人に関する数々のジョークを紹介していたのだ。その中で記憶に残ったのがこれ。

この雑誌は相当思い切った記事を毎号載せていた。「タイム」の編集方針とかコカコーラの成分などを俎上《そじょう》に乗せて批判するのである。アメリカ国歌についての号もなかなかだった。多くの有名音楽家にアンケートを出し、回答を公開したのだ。賛否は半々。ある年齢から上の人は素晴らしい歌だと答え、若いフォークシンガーはあんなものはゴミだと答えている。ヴェトナム戦争時代に国歌についての反対意見も堂々と出版している勇気に感心する。

この雑誌の発行人はラルフ・ギンズバーグ。「FACT」の前に「EROS」を発行していた。題名通りエロスをさまざまな角度から採り上げるもので、豪華カラー版。バート・スターンが撮った亡《な》くなる少し前のマリリン・モンローのヌード写真を発表したのが有名だが、次の号で黒人男性と白人女性のセックスを思わせるヌードを載せたために体制的な人々を怒らせて、発禁に追い込まれた。

その雑誌、ぼくは定期購読者で、毎号あちらから送られてきていたのだが、最後の号は来なかった。同じく定期購読をしていた友人のところには届いたので、どういうわけか考えてみた。想像だけれど、発送の途中で発禁処分を食らったのだろう。名前のＡＢＣ順で発送していたから、Ｗに追いつかなかったのだ。

和田という名前はアルファベット順でもアイウエオ順でも最後の方なので、ときど

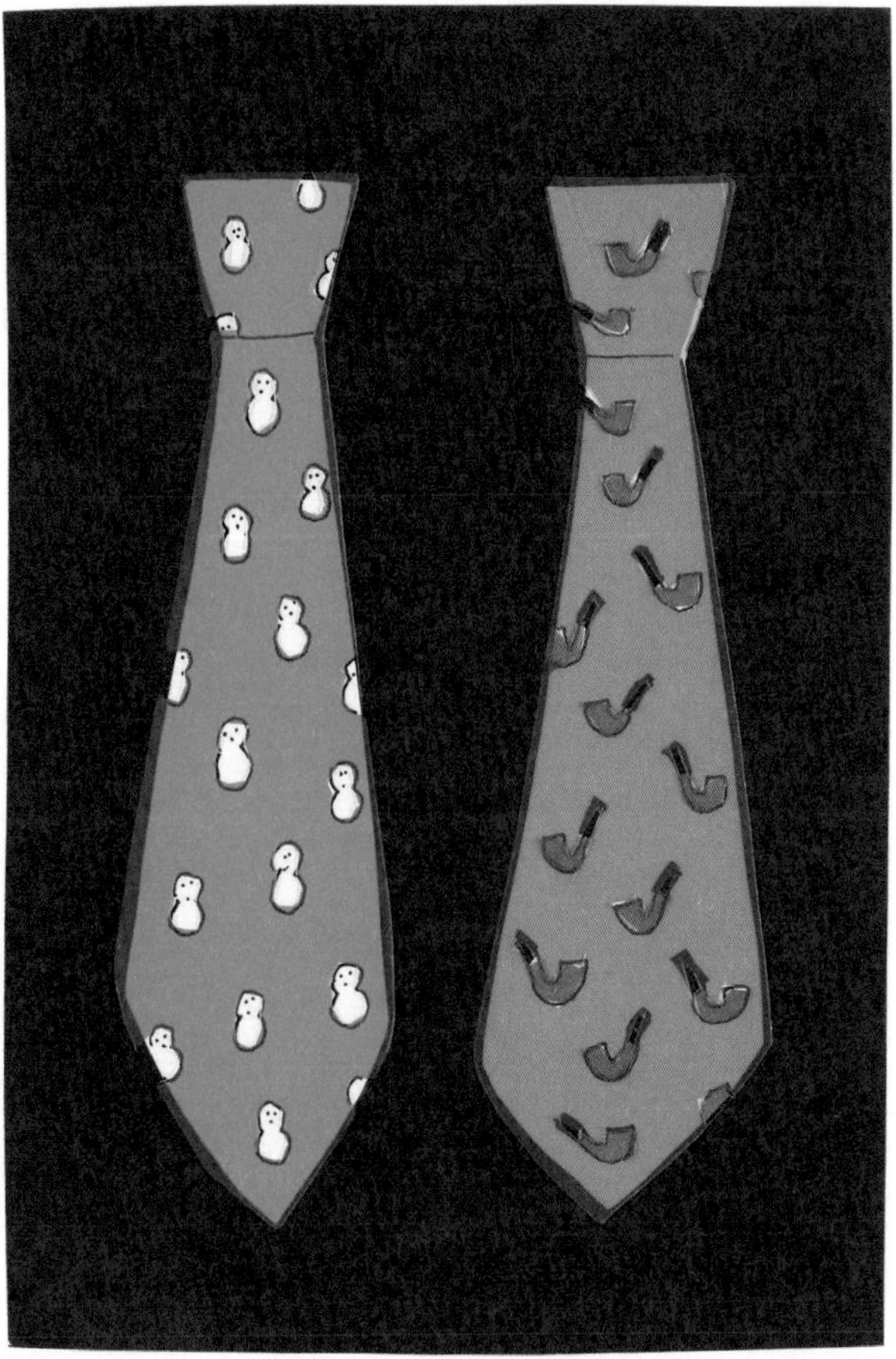

き損をするのである。

ここから安西水丸　アルファベット順とアイウエオ順↓ペンネーム

和田さんが書かれていたように「ワ」ではじまる名前はアルファベット順でもアイウエオ順でも最後の方なので確かに時々損をする。

何を隠そう（隠す必要は特別ないのだが）、ぼくも本名は「ワタナベ」君なので、和田さん同様時々損をした。特に困ったのがクラスで成績などを発表する時で、アルファベット順でもアイウエオ順でも逃れることができなかった。

苦手だった数学の点数発表は冷汗ものだった。

「一番、三十点」

武士の情とでもいうのか、名前は呼ばずに番号順に点数を発表するのだが、十番くらいからは誰が何番だかわからなくなる。しかし一クラス六十人ほどいて、終りの方はみんな知っている。「ワタナベ」はよくある名字なので何人かいるのだが「ワタナベノボル」となるとたいてい一番最後になってしまう。

「六十番、十五点、終り」

教師は点数の書いてあるノートを閉じるのだが、「まったく、何が六十番、十五点、終りだ、馬鹿野郎《ばかやろう》」と言ってやりたくなる。

そんなわけで「ワタナベ」君としては大変辛《つら》い思い出があるのである。

ただぼくはこの「ワ」という字をローマ字にするのに必要欠くべからざるところの「W」という文字はあんがい好きだった。小学生で星座を知った時、カシオペア座が「W」の形をしていたので、自分のマークに使っていた。

Wというローマ字だが、二つのV、つまり「ダブル・ブイ」が転訛《てんか》したのではないかとおもっている。同じ考えで、列車の「トレイン」は二本のレール、つまり「トゥ・レイル」の上を走るので、そうなったなどと得意になったが、どうもこれは違うらしい。例えば「モノレール」は一本のレールで走っているのでそう呼ばれているから、ついそんなことを連想したのだ。

子供の頃暮していた南房総（千葉県）の千倉《ちくら》の家の庭に立って、夜に星を見上げると天の川が横切っていた。カシオペア座は北天の天の川のなかにあって、五個の星が「W」の形で見えた。ぼくは絵を描くのが好きな子供だったくせに、白鳥座とか小熊《こぐま》座とかいわれても、どうしても星の固まりが白鳥とか熊には見えなかった。その点、カシオペア座は「W」の形をしていたので覚えやすかった。

カシオペア座は日本では「やまがた星」とか「いかり星」と呼ばれているらしい。何となくわかる気がする。

カシオペアは古代エチオピアの王妃で、正しくはカッシオペイアだ。愛娘アンドロメダが美女だったらしく、それを誇るあまり、海神ネレウスの娘たち、ネレイデスより美しいと自慢したため、娘を海の怪物であるお化け鯨に捧《ささ》げなければならなくなる。アンドロメダは英雄ペルセウスに救われるのだが、このシーンはさまざまな画家たちが絵にしている。何故か裸身のアンドロメダが生々しくエロチックで、馬上甲冑《かっちゅう》で身をかためたペルセウスはやたらと恰好《かっこう》いい。

星座でカシオペア座と同じようにわかりやすいのがオリオン座だ。

ぼくの家、つまり渡辺家の家紋は「三つ星一文字」と呼ばれる紋章で、これは別称「渡辺星」ともいわれている。源《みなもとの》頼光《よりみつ》の四天王の一人で、大江山の酒呑童子《しゅてんどうじ》退治に参加したり、羅生門の鬼の腕を切り落としたとかいう伝説の武人、渡辺綱《わたなべのつな》の紋章がそれだったことからきているらしい。今でも渡辺姓の家紋に多い。一見お皿に団子が

三つのっているようなデザインだが、実は月とオリオン座からできているのだという。子供の頃、よく雨の日に家紋入りの番傘をさしていたのだが、「三つ星一文字」の図柄を見るとみんなが口を揃《そろ》えて「団子傘、団子傘」と囃《はや》し立てた。珍妙な家紋の家に生れた不幸を嘆いたものだが、大人になって、月とオリオン座が原形だと知って、なかなかロマンチックなものだったんだと、家紋コンプレックスは消えた。

ちなみにこの話をしてくれたのは大島渚《なぎさ》監督作品などでお馴染《なじ》みの俳優、渡辺文《わたなべふみ》雄《お》さんだった。ある句会の席での雑談中、ぼくが本名の姓と家紋を口にしたところ、渡辺さんが同じだといい、月とオリオン座の話をしてくれたのだ。創作かなと少しおもったが、博学な渡辺さんのことなので素直に信ずることにした。

W字形のカシオペア座を自分のマークにしていたと書いたが、それは洋モノの場合であって、和モノに使う時のマークは「水」の文字だった。

小学生になり、はじめて習った漢字が月、火、水、木、金、土、日で、漢字を知ったうれしさからそれをノートなどに書いているうち何となく文字の好き嫌いが出てきて、ベスト1が「水」になった。子供のことなので理由は「ただ何となく」だったが、今になってみると、水という字のちょっとした儚《はかな》さみたいなところが気に入ったのだろうとおもっている。

　では和モノとしてのマークをどのように使ったのかというと、当時剣道を習わされており（習っていたのではなく親の言いつけで習わされていた）、まず防具の胴に「水」の字を入れた。家紋などを入れた胴を付けている選手は多かったが「水」の字は珍しかった。珍しいということは目立つことであり、加えて弱かったので甚《はなは》だしく目立ったらしい。

「水が出て来るから勝てるぞ」

　試合場でそんな言葉をよく耳にした。

　意地でも勝ってやろうとおもった。

　ニューヨークから帰国して、新聞の求人広告を見て平凡社という出版社に入社した。ここで知り合ったのが当時月刊雑誌「太陽」の編集部にいた祐乗坊英昭《ゆうじょうぼうひであき》こと、現在作家の嵐山光三郎で、彼と組んでイラストレーションを描いたのが「安西水丸」の誕生ということになる。

「ワタナベ君、君もペンネームを使ったらいいよ。ぼくは嵐山（彼の嵐山もペンネーム）だからさ、アではじまる名前がいいんじゃない」

突然嵐山に言われた時は考えてもいなかったことなので戸惑った。とにかく家に帰ってから考えてみようとおもった。

「アか。ア、ア、ア」

いろいろ考えていると、ふいに祖母の実家が「安西」であることに気づいた。

——そうだ、おばあちゃんの家が「安西」だったんだ。

と、おもって下の名を考えていると、これもふいに子供の頃、和モノのマークとして「水」の字を使っていたことを思い出した。水の下には丸しかなかった。

翌日会社で嵐山に会った。

「名前どうした？」

彼に訊かれた。

「うん、ちょっと考えたんだけど……」

「ぼくも考えてきてやったよ。二つね。好きな方使えばいいからさ」

嵐山から考えてきたというぼくのペンネームを書いた紙切れを手わたされた。

見て愕然《がくぜん》とした。

——そよ風吹之進。

――椿咲之助。

「気に入った方使えばいいからさ」

嵐山に言われ返事に困った。

「あのさ、ぼくも考えてみたんだけど……」

ぼくは遠慮がちに言い、自分で考えた名前の紙を彼に見せた。嵐山は三十秒ほど紙の文字を見つめて言った。

「いいよお」

それが「安西水丸」の誕生だった。

いずれにせよ、よかったのは「そよ風吹之進」にも「椿咲之助」にもならなくてすんだことだ。もしもそんな名前だったら、和田誠さんともこんなところで仕事ができなかっただろう。

「はい、そよ風です」

は、やはり言えない。

それでもペンネームを勧めてくれた嵐山光三郎にはいつも感謝している。ペンネームを使っていていいのは、旅先のホテルなどで自由にすごせることだ。本名で泊っている分には、誰にも気にされずに（誰も気にはしていないのだが）プライベートな楽しみができるのだ。

村上春樹さんもあるエッセイで、皮膚科のある病院で名前を呼ばれて、そこに性病科などあったりするとあせってしまうと書いていておかしかった。村上春樹さんは本名です。

それにしても名前というのは面白いものだとおもう。木曽義仲《きそよしなか》とか、沓掛《くつかけ》時次郎とか、鯉名《こいな》の銀平とか、いろいろいるけれど、これが博多義仲とか、館林時次郎とか、磯子の銀平となるとどこかずっこけてしまう。人にはそれにふさわしい名前が運命的にあるのかもしれない。

ここから和田誠　ペンネーム↓粋《いき》な計らい

ステュアート・グレンジャーという俳優がいる。イギリス出身でハリウッドでも活躍した二枚目。時代劇がよく似合い、「血闘」や「ゼンダ城の虜《とりこ》」などで颯爽《さっそう》と西洋チャンバラを演じた。

この人の本名はジェイムズ・ステュアートである。すでに同名のスタアがいたので芸名をつけざるを得なかった、という説を読んだことがあるが、調べてみると年は五歳ほど下だが、映画デビューは一年早いのだ。本名で演じているうちにあちらがどんどん有名になっていったので変えたくなった、ということかもしれない。

ロッド・テイラーという俳優は、ヒチコックの「鳥」の主役をやった人。ＳＦの「タイム・マシン」、ロマンチック・コメディの「ニューヨークの休日」など、六〇年代に活躍した。

この人の本名はロバート・ティラーだ。こちらははっきり本家の後輩で、彼がデビューした年、本家は大作「クオ・ヴァディス」に出演している。「椿姫《つばきひめ》」「哀愁」などで、とっくに大スタアだったのである。

本家とは書いたが、本家の本名はスパングラー・ブラハという。ロバート・テイラーは、エロール・フリンやタイロン・パワーとともに美男俳優として知られていた。本名で出演していたら、そのイメージは定着しなかったかもしれない。

ジョン・ウェインの本名はマリオン・モリスン。この名は気のせいか女性的に感じる。やはりジョン・ウェインの方が強そうである。

チャールズ・ブロンソンはたくさんの悪役、渋い脇役《わきやく》を経て、「さらば友よ」でアラン・ドロンの相棒役を演《や》ったあたりから人気上昇、主役を張るスタアとなった。日本では「うーむマンダム」と唸《うな》るコマーシャルでも有名。

この人の本名はチャールズ・ブチンスキーである。悪役時代はこれで出ていた。この名前を続けていたら、スタアになるのはむずかしかったんじゃないか。

有名俳優の話をしたあとで自分のことを述べるのは気がひけるけれど、ぼくの名前は……本名である。

姓も名も平凡だから、本名に決まってるだろ、と言われるかもしれないが、これをペンネームに使っていた人もいる。

かなり昔の話、友人が「君の作った歌が小学生の教科書に載ってる」と言ったのでびっくりしたことがある。ぼくはアマチュアながら作詞や作曲をすることがあるけれど、ヒットしたものはないし、教科書に採用されたなんて話はきいたことがない。間違いだろうと思ったが、友人は「確かに君の名前だ」と言う。

興味があったので音楽著作権協会に問い合わせたところ、「和田誠の名で童謡を書いている人がいます。その方は女性で、名前はペンネームです」という話。

ぼくも時たま童謡を作る。「登録する時まぎらわしいですね。ぼくは本名なのですが」と言うと、電話の向うの女性は「そうですね。こちらの事務も困ります。ペンネームをつけて下さい」と言う。

その時はそのまま電話を切ったが、ジェイムズ・ステュアートやロバート・テイラーを相手にするのとはわけが違うので、どうも納得がいかないと思い、数日後にまた協会に電話をした。今度は男性が電話に出た。いきさつを話すと、「事務処理はきちんとやりますから、本名で結構です」という答。「先日ペンネームをつけろと言われましたよ」と言うと、「そんな方針はないです。誰がそんなこと言いましたか」「名前はきかなかったけど女の人です」「そんなこと言う人間はうちにはいません」ということで、話はおしまいになった。

十数年前の話、書店で平積みになった本の著者名がぼくの名前なので、「いつこんな本を書いたのだろう」と一瞬思ったが、書かない本が出版される筈《はず》はなく、すぐに同名異人だと気がついた。その書物の題名には「ヘヴィーメタル」という、ぼくにはあまり縁のない音楽用語が入っていて、若い音楽関係者の著書だということがおぼろげながらわかった。

あとがきを立ち読みすると「同名の人物がすでに本を出したりしているが、自分も本名であり、先に同名異人がいるからと言って名前を変える気はない」という意味のことが書いてあった。ぼくも同じ気持を味わったことがあるので、とりあえず納得した。「とりあえず」と書くのは煮え切らない感じだが、同姓同名の人の本の山を前にするのは、かなり妙な気分だったのである。

その頃からたまに、ラジオの音楽番組の出演依頼がくるようになった。そういう時は「あなたが電話したかったのは音楽関係の和田誠さんでしょう？」と言えばまず間違いがない。

ラジオ局から「間違えてギャラを振り込んでしまったから返してほしい」と言われることもある。返すためには銀行に行って手続きをしなければならず、面倒だがネコババするわけにはいかない。

「演出された作品を拝見しております」という前置きで、テレビ出演を依頼されたことがある。たまに映画監督もするのでぼくへの電話だと思ったが、映画のPR（宣伝部がテレビ局に監督を勝手に売り込んでしまう）以外はテレビには出ないのが原則なので、「テレビ出演はしないんですけど」と断ると、「昨日も拝見しましたよ」と食い

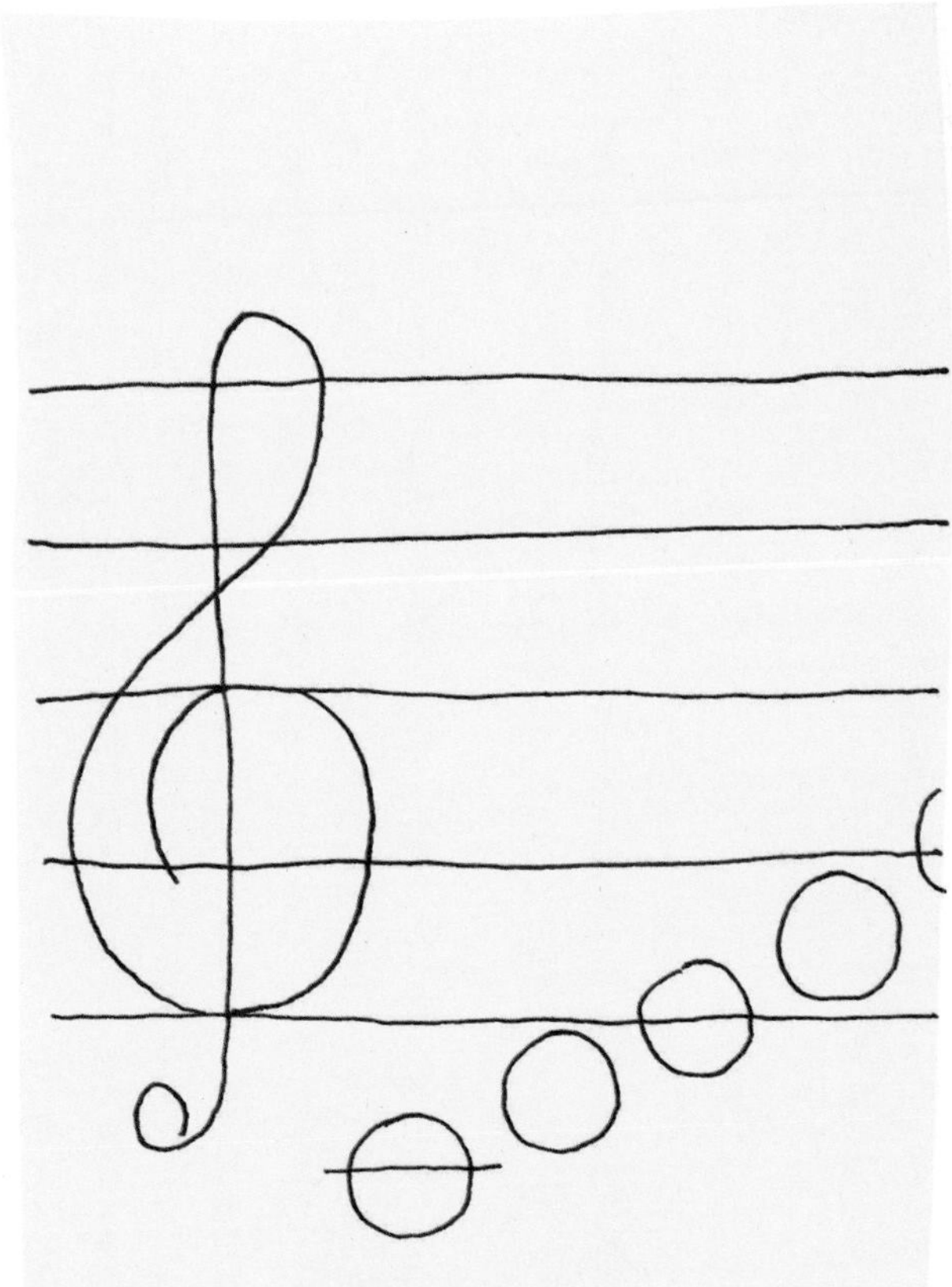

下がる。「昨日？　出てないですよ」とぼくは言う。「出てらしたじゃないですか」と相手は番組名を言う。それでわかった。和田勉《べん》氏と間違えているのだ。あの人はまさしく演出家だから、前置きの部分だけは正しかったわけである。

ある時、うちの妻に「受賞おめでとうございます。万歳」という祝電が届いた。妻は賞など貰《もら》っていない。何のことかさっぱりわからない。夫婦で首をひねって結論を出した。ちょうどアメリカのアカデミー賞の季節であった。ワダエミさんが黒澤作品「乱」の衣裳《いしょう》デザインでオスカーを獲得したのだ。うちの妻の名前はレミであり、夫の姓はワダである。

そそっかしい人がいるもんだなあと思っていたら、国際的にそそっかしい人も現われた。祝電事件から半年ほどたった頃、某国大使館からぼくの仕事場に電話があった。「わが国の少女が一人、行方不明になっております。両親の言によれば日本のコスチューム・デザイナーに憧《あこが》れて家出をしたということなので、あなたに心あたりがないだろうかと思って連絡をしました」ということだった。

心あたりと言えば「乱」である。そのことを申し上げた。少女が見つかったかどうか、ぼくは知らないが、これに関する大騒ぎのニュースはきいていないから、たぶん無事解決したのだろう。

レミも本名である。父親平野威馬雄《いまお》氏の父親はアメリカ人。その人は息子、つまりレミの父を、幼い頃にレミと呼んでいたという。「家なき子」の主人公少年の名がレミである。自分はアメリカに帰ることが多く、船旅の時代で戻るにも月日がかかる。日本に残って孤独な息子を「家なき子」になぞらえたらしい。その子が親になって、娘をレミと名づけたのだった。

威馬雄氏は韜晦《とうかい》したところがあり、名前の由来をはっきり説明せず、ドレミのレミだ、と話したりしていた。「家なき子」関連は哀《かな》しくて嫌だったのかもしれない。

レミの妹はミカ。父親の説明によれば「レミの次だからミファにしようと思ったが、ミファじゃ呼びにくいからミカにした」ということだが、別の日には「ミカが生まれた時は三河島《みかわしま》に住んでいたんだ。三河島のミカだよ」などと言う。実話より面白い話の方を好む人であった。

夫婦でニューヨークに出かけた時、偶然に「レミ」というレストランを見つけて、入って食事をした。イタリア料理店だった。ウェイトレスに「レミ」の意味をきいた。「ゴンドラ漕《こ》ぎ」のことだという。メニューにもゴンドラ漕ぎの絵がついている。

そのメニューを「記念に欲しい」と妻は言う。ウェイトレスに「メニューをくれないか」ときいた。彼女は「ごめんなさい、あげられません」と言う。「では売ってちょうだい」と頼んだ。「売りものじゃないんです」と彼女。

ぼくは「妻の名前がレミなんだ」と言った。するとニコニコしながらこう言ったのである。

「メニューはあげられません。売ることもできません。でも、あなたが持って行くのを見ないでいることはできます」

若くてチャーミングなウェイトレスだった。彼女の発言が余計にそう思わせてくれた。

そのメニューは今、わが家にある。

ここから安西水丸　粋《いき》な計らい↓映画で観《み》た景色

粋な計らい、つまりナイス・アレンジメントを外国映画や日本の歌舞伎《かぶき》などで目にすることがある。それなりの名場面といっていい。

　ぼくがはじめてニューヨークに入ったのは観光ビザだった。幸運にも翌日に仕事が見つかったのだが、観光ビザでの入国なので当然不法就労者になる。三週間でまず最初の国外退去の通達を受けた。

　三年は暮すつもりでいたので、ダウンタウンにある移民局へ出かけ滞在の延期を願い出た。同じような申請者が列を作っていてぼくもそれに加わった。南米、アフリカ、東南アジア、さまざまな顔があった。

　移民局は厳しいと耳にしていたので順番が近づくにつれどきどきした。滞在延期を拒否されしょんぼり帰る者もいる。とにかく延期の理由をしっかりと述べなければならない。ぼくは入国してすぐに病気になり、友人のアパートで寝込んでしまった。ついてはもうしばらくアメリカに滞在し各地を観光したいと言うつもりでいた。子供の頃から病人顔だと言われてきたし、母親が浴衣《ゆかた》を縫ってくれた時も、どうしてあなたが浴衣を着ると病人に見えるんでしょうと言われたほどだ。ニューヨークの移民局で成功したら国際的病人顔ということになる。

　ぼくの前の、南米から来たらしい男が厳しい口調で拒否された。さて、次はぼくの番である。

延期申請の書類を出し、暗記してきた病気云々《うんぬん》を口にしようとした時だった。

「メッツのファンかい」

葉巻を灰皿に置いた係員が言った。英語を話さなければというプレッシャーですっかり忘れていたのだが、ぼくはウインドブレーカーの衿《えり》にニューヨーク・メッツのピンバッジを付けていたのだ。

「俺もメッツのファンなんだ」

係員は握手を求めてきた。パンパンとスタンプが延期申請の書類に押された。何と半年も延期してくれたのだった。

——いやあ、なかなか恰好《かっこう》いいことをするもんだなあ。

ぼくは嬉々《きき》として移民局を後にしたのだった。

粋な計らいとは少し違うが、東京のあるバーでこんなことがあった。

何で集まったのか忘れたが（多分誰かの個展のオープニングパーティの流れだったとおもうが）、数人のイラストレーターと、南青山では割と知られているRというバーに入った。カウンターは埋っていたので、入口近くのテーブルで立って飲むことになった。

テーブル上に二つ灰皿が置いてあって、それをI君という若いイラストレーターが気に入った。灰皿には和田誠さんの絵があるのだ。やがて欲しいなと言いはじめた。

「いいなあ、これ」

I君はしきりに言う。

「いただいて帰ったらいいじゃない」

酔っていた勢いでぼくは無責任な発言をした。

「どうやって？」

「ポケットに入れてさ」

そんなこんなのうち、ふとI君がハンチングをかぶっているのに気づいた。

「そのさ、ハンチングを取って、まず灰皿の上にのせるわけ。それからおもむろに灰皿ごとかぶるってのはどう？」

ぼくが言うと、驚いたことにI君はそれを実行してしまったのだ。

灰皿奪取はみごとに成功したのだが、十分ほどしてマスターがすっとぼくの横に寄って来て小声で囁《ささや》いた。

「今夜は安西さんが一番年長ですね」

ズキンときた。確かにこの夜のグループではぼくが最年長だった。マスターはお見通しだったのだ。灰皿を盗《と》ったことは非難せず、一番年上のぼくに、それとなく忠告したのだろう。見て見ぬ振りではなかったものの、これも一つの気配りだったと今では感謝している。

マスターはその一言だけで、カウンターへともどっていった。

この事件からはすでに十年以上がすぎている。Rは今でも人気のバーだ。小心者のぼくはRの前を通る度に、あの時は申しわけなかったと頭を下げている次第である。

歌舞伎の「楼門五三桐《さんもんごさんのきり》」や講談でお馴染《なじ》みの大盗賊石川五右衛門《ごえもん》は「石川や浜の真砂《まさご》はつきるとも世に盗人の種はつきまじ」という有名な辞世を残して処刑されたというが、新聞などを見ていると、あれこれと新種の悪が出てくるので驚かされる。犯罪にも流行があるようで、昭和三十年代によくあったタクシー強盗や食い逃げなどという犯罪はすっかり聞かなくなった。それに比べ今はストーカーが流行の犯罪となっている。タクシー強盗にしろ食い逃げ（今は無銭飲食というのだろうが）にしろ身体《からだ》を張ったワイルドなところがあるが、ストーカーというのはどこかねちねちとしている。やはり時代を反映しているのだろう。

食い逃げということで思い出したが、実はローマでそれをやってしまったことがあった。

ニューヨーク暮しは結局ビザの関係で二年で打ち切り、ヨーロッパを廻り帰国することになった。もともとはじめからアメリカを希望していたのではなく、外国語は英語しかわからなかったので何となくニューヨークになってしまったのだ。ヨーロッパを廻っての帰国はたまらなくうれしかった。

ニューヨークからロンドンへ渡り、次が最も行きたかったパリ、そこで二週間すごし、ポルトガルへ、そしてスペインのマドリッドに入った。マドリッドではアパートを借りそこを基点に三週間ほどスペインの各都市を旅して廻った。

マドリッドからはギリシャのアテネへ、さらにイタリアのローマへと入った。

食い逃げ事件はここで起きた。

季節は初夏で、ローマは観光客で賑《にぎわ》っていた。ぼくはあるレストランへ入った（トレビの泉の近くだった）。料理を食べ（もちろんイタリア料理）、お金を払おうとレジに行くと、同じ目的の客でごったがえしていた。ローマといえども観光客には田舎者が多い。きちんと列に並べばいいものを、我先にと押し寄せてくる。ぼくは団体客の渦に巻き込まれ、レジに行きつかないまま店の外へ押し出されてしまった。

　どうしよう。また店内にもどった方がいいのか、あれこれ迷っているとまた次の団体客が店からどっとあふれ出てきた。逃げよう。ぼくはこの時点で食い逃げを決断したのだった。

　もちろん悪意はない。お金だって持っている。ただこの場合、また店内へもどり、客に押し出されましたというのも変だ。しかもイタリア語でまくし立てられたらたまらない。益々《ますます》不利だ。もしかしたらほんとに食い逃げ犯にされるかもしれない。ローマの留置場は何となく恐《こわ》そうだ。カオスに陥った。あとは逃げるしかなかった。

　一時間ほどあちこちを歩きまわりようやく胸を撫《な》でおろした。ここまでくればもう大丈夫だろうとおもった。多少の罪悪感は残ったが、悪事の喜びとでもいうのか、どこかで一食分得をしたという気持もある。

　ローマの抜けるような青空の下をぼくはゆっくりと歩いた。

　しばらく歩き、ぼくは妙な気分になった。まわりの景色がどこかで見たようにおもえたのだ。

　こういうことは時々ある。デジャ・ビュ現象とかいって、未知のものを既知のものとみなすことをいう。そんなことをおもっていたところ、とんでもなかった。レストランを押し出され、あちこちを逃げまわっていたつもりが、食い逃げをしたレストランの前に立ちもどっていたのだ。慌《あわ》てて窓の下に身をかがめ、再び逃亡者となった次第である。

それにしてもいったいローマ市街はどうなっているのだろうか。改めて「すべての道はローマに通ず」を感じたのであった。

イタリアではローマに一週間、フィレンツェで五日ほどすごした。ローマで感じたのは街全体が一つの建築空間を成していることだった。細い石畳の路地を歩いていると何処《どこ》からともなく水の音が聞えてくる。水の音が近づくと、ぱっと目の前に広場が現れ彫刻と一体となった噴水が周囲の色をまとって輝いている。実に噴水のよく似合う街だった。

ウィリアム・ワイラー監督の「ローマの休日」やフェデリコ・フェリーニ監督の「甘い生活」などを思い出しながらローマを歩いた。すでに三十年も前のことで、その後ローマは見ていない。

おしまいは和田誠　映画で観た景色→ハゲの話

古い日本映画を観て、映っている風景に感慨を抱くことがある。「ああ、銀座はこんなふうだった」とか、「あそこは今はビル街だけど、あの頃は日本家屋がたくさんあったなあ」とか。現実を先に知っているから思うことだ。

これが外国だと事情はしばしば逆になり、旅行先で眺める風景を「あ、映画とおんなじだ」などと言ってしまう。

その典型がローマで起こる。トレヴィの泉を見れば「愛の泉」を思い出し、スペイン広場を見れば「ローマの休日」を思い出す。「ローマの休日」でオードリー・ヘップバーンが手を入れた「真実の口」を見るために、ぼくもわざわざサンタ・マリア・イン・コスメディン教会に行った。コロシアムのような歴史的建造物なら無理に映画に結びつけなくてもいいのに、やはり「クオ・ヴァディス」などの聖書ものでライオンと闘わされる奴隷《どれい》の姿が浮かんでくるのだ。

ウィーンに行った映画ファンは、必ずと言っていいほど観覧車に乗るだろう。「第三の男」の重要なシーンに使われていたからだ。ぼくも乗った。中央墓地の並木道も歩いた。映画史に残る印象的なラストシーンの風景である。

さらにカフェ・モーツァルト。あの映画にはちょっと出てきただけだが、映画音楽として「カフェ・モーツァルト・ワルツ」が作曲され、レコードでは有名な「ハリイ・ライムのテーマ」のB面になっていた。そんなわけで店の名がぼくの頭にインプットされていて、当然のように食事に出かけた。

ビールを飲み、シュニッツェルを注文する。ウィーン風カツレツだ。この料理名は「サウンド・オブ・ミュージック」で歌われる「私の好きなもの」の歌詞に出てくるので憶《おぼ》えていた。

サンフランシスコでは「アーニーズ」というレストランに入った。ヒチコック監督の「めまい」で、ジェイムズ・ステュアートがキム・ノヴァクの存在を知る場面で使われる店である。

ちょっと気取ったフレンチ・レストランだったので、ぼくはメニューを指してたどたどしく注文してから「シル・ブ・プレ」と言った。とたんにアメリカ青年と思われるウェイターがたて板に水のごとくフランス語をしゃべり出した。もちろんひと言もわからない。不相応に恰好《かっこう》をつけて恥をかいてしまった。

その店で不思議なカップルを見た。向い合って食事をしている中年の男女だ。片方は高そうな服を着た品のいい美人。男性の方はノーネクタイ、よれよれのスーツに無精髭《ぶしょうひげ》である。

よそのテーブルをじろじろ見るのは失礼だが、取り合わせが奇妙なので、つい目が行ってしまう。男はナイフやフォークをさわりながら何か言う。女が答える。それから男は食べ始める。どのナイフを使えばいいのかきいていたらしい。

あの二人はどういう関係だろう、と同行の友人が言うので、教えてあげた。

「二人は田舎からこの町にやってきた、貧乏だけれど幸せな夫婦だった。だが男は都会生活になじめず、仕事もうまくゆかない。男はイライラし始め、二人の愛も冷めて、やがて別れることになった。美人の妻はすぐに金持の男に見そめられて再婚した。男は意地を張って田舎に帰らず、そのままここでしょぼくれた独身生活を送っている。数年後、それがつまり今日なのだが、二人はすぐそこの坂道でばったりと再会。女はすっかり磨きのかかった上流婦人になっていた。男は昔のままだ。久しぶりね、つもる話があるわ、と女はもと亭主を食事に誘う。男はこんな姿だから高級な店は困る、

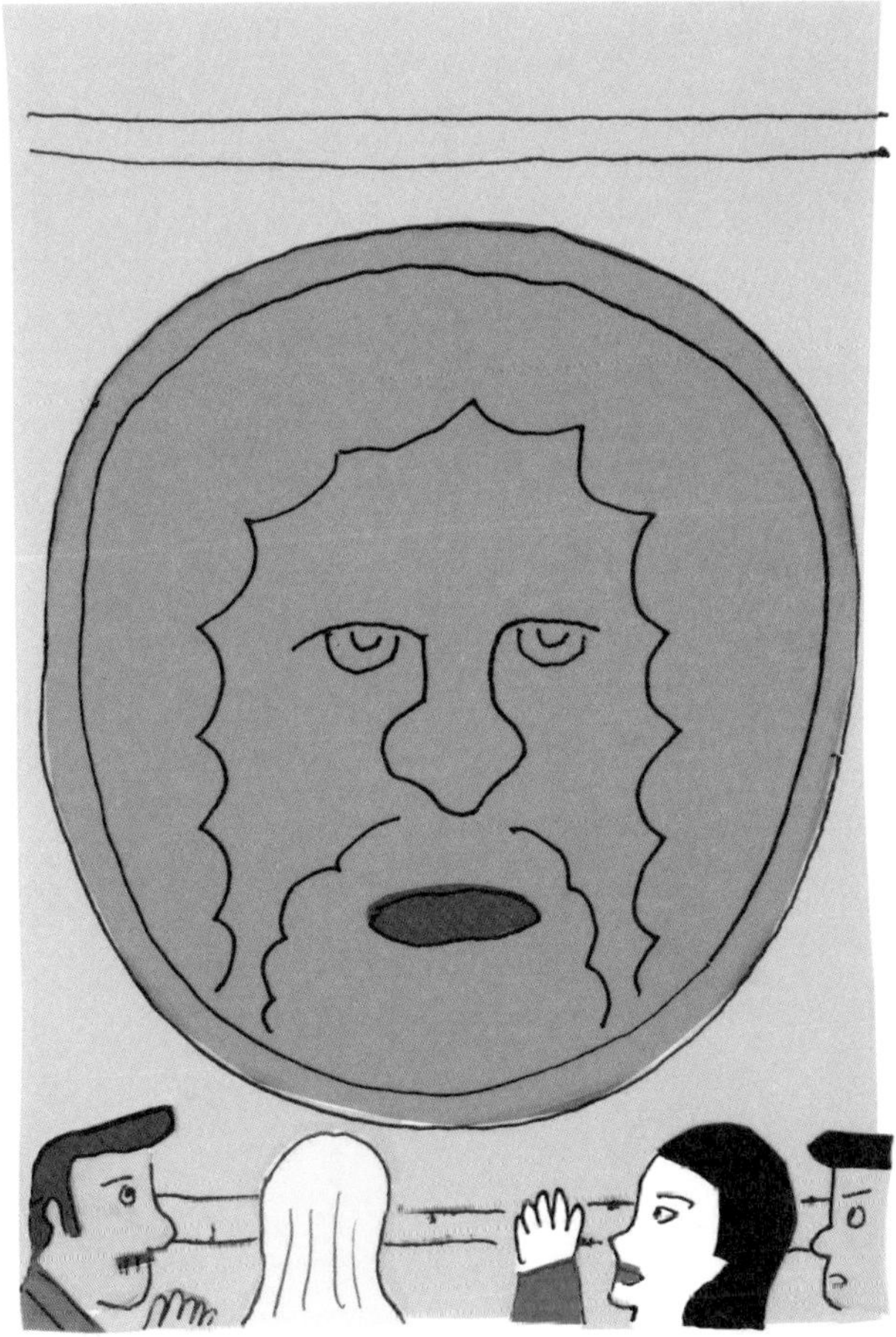

と言いながらも腹が減っているので女に従う。で、入った店がここだったわけ」

アドリブの作り話だけれど、当たらずといえども遠からずだろうと思う。こちらの方も映画になりそうですね。

外国の会社の仕事をした経験が一度だけある。農業用の種子を生産販売しているオランダの会社からロゴを依頼されたのだ。打合わせをしたいと航空券が送られて来た。観光旅行ならともかく、通訳なしで仕事の話をするのはぼくの英語力では不可能だが、火事場の馬鹿《ばか》力を頼りに一人で出かけたのだった。

オランダに着いたぼくは、会社の敷地内にある小さな農園を案内された。いろいろな作物が少しずつ育てられている。これはビーツ、これは何豆と説明を受ける。そこは作物の育ち方を研究する場所でもあり、仕事の概要を訪問客に伝えるための雛形《ひながた》にもなっていたようだ。

温室での説明は科学的な用語が多いためか、まるで理解できない。何度もきき返していたら一人のスタッフが「ブラジルから来た少年」という映画を知ってるか、と言った。それですぐにわかった。あの映画はナチの残党がヒットラーのDNAを使ったクローン少年を独裁者として育てる、という物語。その温室ではクローン植物の実験をしていたのだ。映画も思わぬところで役に立つ。

ロゴ関係の担当責任者はアクラッドという人で、白い口ひげ顎《あご》ひげをたくわえ、きれいな英語を話す紳士だ。ヨーロッパ人だと思ったが、私はイラン人だと語った。彼自身言葉で苦労したのか、ぼくにもわかるようにゆっくり話してくれるし、ぼくの中学生英語を辛抱強くきいてくれたので助かった。

アクラッド氏と道を歩いていたら雨が降ってきた。天気雨だった。「こういうのを日本では狐《きつね》の嫁入りと言うんです」と教えると、「ほう。イランでは狼《おおかみ》の出産と言います」とアクラッド氏。

彼は日本の俳句に関心がある、と話した。「なぜなら私の国にも昔、素晴らしい四行詩を書く詩人がいたからです」と言うので、「オマー・カイヤムでしょ」とぼくは言った。彼はびっくりして「日本人もカイヤムを知ってるんですか」。「オフコース」とぼくは胸を張った。

白状すると、カイヤムの名を知ってはいても、どんな詩を書いたのかぼくは知らない。名前を知っているのも映画からの知識。五〇年代に「勇者カイヤム」というアメリカ映画があって、その原題が「オマー・カイヤム」だったのだ。

評判をとった映画ではなく、ぼくも観ていないのだが、「十一世紀のペルシャの詩人カイヤムが、王家の争いの中で活躍する物語」であることを映画雑誌で読んで知っていた。いかにもハリウッド風に仕立てられた娯楽ものらしいから、祖国の大詩人としてカイヤムを尊敬しているアクラッド氏が観たら、怒るんじゃないかと思う。

その映画でカイヤムを演じたのはコーネル・ワイルドという俳優である。ロビン・フッドやダルタニアンを演《や》ったこともあり、活劇の得意な人というイメージがあるが、「楽聖ショパン」ではショパンを熱演していた。

しかしショパン役で印象深いのは、何と言っても戦前のフランス映画「別れの曲」におけるジャン・セルヴェでしょうね。若き日のセルヴェは貴公子風な二枚目で、ショパンにぴったりだった。

そういう役者でももちろん齢《とし》を取る。五〇年代の「男の争い」で、セルヴェは最後の大仕事に命を賭《か》ける初老のギャングを演じ、これが渋くて凄《すご》みも哀愁もあって、すこぶるよろしかった。

俳優にもいろいろなタイプがあり、若い頃はきれいな二枚目だったけれど、齢取るとどうも……という人もいれば、昔は甘ったるいだけだったのに、齢と共にいい味が

出てきた、という人もいる。若い時も老《ふ》けてからも、それぞれに齢相応の良さを出す、という人もいる。

ジャン・ギャバンは若い頃から晩年にいたるまでいい味の役者だった。「望郷」の時代もよかったし、恋する初老の男を演じた「ヘッドライト」の、しみじみとした味わいも忘れられない。

近ごろの例で言うとクリント・イーストウッド。うんと若い頃はともかく、マカロニ・ウェスタンで主役を張ってからずっと昇り調子だ。最近は皺《しわ》が目立つが、齢を重ねているのをいい方に利用して、「ザ・シークレット・サービス」や「ブラッド・ワーク」など、体力が落ちても任務のために頑張るという役を男っぽく演じて恰好がいい。

ショーン・コネリーも老けて良くなった役者だ。007のアクションも痛快だったが、あのシリーズを卒業してから一段と演技者としての柄が大きくなってきた。禿《はげ》頭《あたま》を堂々と見せて、それがサマになっているのも大したものだと思う。

ということで、話が冒頭に戻りました。これでオシマイです。

あとがき

安西水丸

和田誠さんはぼくにとって憧《あこが》れの人でした。

過去形で書いていますが、それは和田さんが照れるといけないとおもったからであって、憧れの人であることは今も変りません。

大学生の時、和田さんの絵をはじめて目にし、日本にこんな恰好《かっこう》いいイラストレーションを描く人がいるのかと、むしろ落胆に似た感動を覚えたことを思い出します。

落胆と書いたのは、こんな凄《すご》い人がいたら、もうぼくなど一生イラストレーターとして出る幕がないのではないかとおもったからです。

時々、イラストレーター志望の若者たちに、どのようなイラストレーションをいいと考えているのかと質問されることがあります。

「ぼくは和田誠さんのイラストレーションが好きです。絵は少しも奇をてらっておらず、都会的な線と研ぎすまされた色彩は的確に目的をとらえており、誰からも愛され、しかも古くならず、常に第一線で仕事をしている」

これがぼくの答です。

二〇〇一年の十月、和田さんと「NO IDEA」というテーマで二人展を行いました。その打ち合わせの時、和田さんがこんなことを口にしたのです。

「水丸君と、もう一つやりたいことがあるんだけど……」

つまりこれが「青豆とうふ」の口火だったのです。

第一回はぼくが文を書き、和田さんがイラストレーションを描きました。今回は和田さん、どんなことを書かれるのか、今回はぼくの文にどんな絵を描いてくるのか、毎月それは楽しみでした。同時にとてもいい勉強でした。

和田さんの「まえがき」にもあるとおり、「青豆とうふ」のタイトルは村上春樹さんが付けてくれました。

重複しますが、その時のことを書きます。

ぼくは渋谷の小料理屋で春樹さんと食事をしました。

「あのさ、和田誠さんと連載をはじめるんだけど、村上さんに何かタイトルを」

ぼくも春樹さんもビールを飲んでいました。

「そんな、大それたことを」

春樹さんは即座に言いました。無理強いはいけない。その後、酒も進みました。

「あのさ、さっきのタイトルのことだけど……」

春樹さんは豆腐に箸《はし》を伸ばしたところでした。豆腐は青豆でできていました。

「それじゃ、青豆とうふ」

春樹さんは例の照れくさそうな顔をして言ったのでした。タイトルが決ったわけです。村上さんありがとうございます。

いずれにせよ憧れの和田誠さんとの共著です。喜びは言葉になりません。

最後になりましたが、この出版にあたり、宮田昭宏文芸局長、岡圭介小説現代前編集長、連載中担当してくださった中島隆副編集長、単行本化に際しては須藤寿恵さんに多大なお世話になりました。厚くお礼申し上げます。

今日、青山の街で初蟬《せみ》の声を聞きました。夏がやってきました。

二〇〇三年七月二十八日　青山の仕事場にて

『青豆とうふ』文庫版のおまけ

村上春樹

本書の中にも書かれていることをまたぞろ繰り返すようですが、この「青豆とうふ」というタイトルは、たまたま僕がつけたものです。水丸さんと一緒に、渋谷近くの小さな居酒屋のカウンターでお酒を飲んでいて、「今度、和田誠さんと一緒に本を出すんだけど、村上さん、そのタイトルをなにか考えてよ」と言われた。それで「うーん、タイトルか、弱ったな」と思っていたんだけど（本のタイトルをつけるのは、時としてとてもむずかしいことになるので）、そのとき僕はちょうど「青豆とうふ」というものを日本酒のつまみに食べていたので、「そうだなあ、じゃあ、『青豆とうふ』でいいんじゃないですか」ということになりました（本のタイトルをつけるのは、時としてかなり簡単なことになる）。

でも文庫本化されるにあたって久しぶりに読み返してみると、自分で言うのもなんだけど、「青豆とうふ」というのは本の内容になかなかよく似合ったタイトルになっているような気がします。さりげなく、華美なところがなく、それでいて風情《ふぜい》のようなものも漂っている。「和風ハンバーグ」だとか「あんきも酢」だとか「竜田揚げ」だとこうはいかない。「だしまき卵」でも「高野豆腐」でも「がんもどき」でもやはりそぐわない。やっぱり「青豆とうふ」ですね。どことなく大人っぽくて、ちょっとしゃれっ気がある。お酒の邪魔もしない。

こんな風に二人で組んで本を出すと、たしかにタイトルで困ることがあります。一人で出す本だとだいたい感覚的にさっと題が浮かぶんだけど、共作の場合、相手があることなので、なかなかそう簡単にはことが進まない。僕もその昔、村上龍さんと対談集を出したとき、タイトルをどうしようかということになって、二人でけっこう首をひねっていました。ただそのときちょうど、ベンチャーズの懐《なつ》かしいヒットソング「ウォーク・ドント・ラン」がかかっていて（なぜそんな曲がそこに流れていたのか、どうしても状況が思い出せない）、「ああ、これでいいじゃない」ということになり、それがそのままタイトルになりました。「ウォーク・ドント・ラン」（本のタイトルをつけるのは、時としてかなり簡単なことになる）。タイトルというのは、時間をかけてあれこれ知恵をしぼるよりは、何かの勢いでひょいと適当につけてしまった方がいいのかもしれません。

和田さんと水丸さんがどういう人たちなのかというようなことについては、今更僕があれこれ説明を加える必要もないだろうし、下手に語り出すときりがなくなるような気がするので、その手の解説じみたことは割愛します。それよりは、この本の中でお二人が書かれている事柄について、僕にも少しばかり書きたいこと、あるいは追加したいことがあるので、ふつつかながら書かせていただきます。

まず僕の名前をかたって女の子に良からぬことをしていた人物のこと（一六二ページ）。この人には僕はけっこう迷惑させられました。六本木の某クラブで「私は作家の村上春樹だ」と名乗り、適当なことをあれこれ言って女の子をたぶらかし、何人かを「お持ち帰り」までしていたんですね。とんでもないやつだ。僕本人だってそんなの一度もしたことないのに（しくしく）。

うちで当時アシスタントをしていた女の子の友だちがたまたまその場に居合わせて、その子に「あなたのボスって、わりに隅におけないみたいね」と連絡してきて、その子も「変だな」とは首をひねりながらも、「ハルキさんにも隠された意外な一面があるのかも」と思って黙っていた（思うなよな）。でもさすがにあちこち話の筋が通らないので、僕にそのことを打ち明けた。僕は自慢じゃないけど早寝早起きで、六本木のクラブになんて一度も行ったことがない。ましてや、お持ち帰りなんて……というのはさっきもう言いましたね。

で、ある編集者にそのことを相談したら、それを耳にした「週刊G」の記者が興味を持って、その店に実際に足を運んだわけです。そうしたらちょうどそこにくだんの「偽《にせ》村上春樹」がいて、まさに噂《うわさ》どおりのことをやっていた。で、その人に「どういうことですか」と問いただしてみたら、自分が偽者であることをあっさりと認めた。僕とはぜんぜん似ていない「さえないそのへんのおっさん」だった、ということです。僕もまあ、さえないそのへんのおっさんの一人ではあるんだけど、まあとにかく外見はぜんぜん似ていなかったと。

同じような出来事は前にも一度あって、僕の名前を名乗る男がとある画廊で若い女の子をナンパして、やはり良からぬことをしようとしていた。それをなんとか危ういところで食い止めたんだけど、実はその偽者は、僕も水丸さんも知っている元編集者だったと判明した、ということがありました。その人も外見的には、僕にはぜんぜん似ていなかった。しかし世の中には、ほんとにあっと驚くようなことがありますね。腹が立つというよりは、腕組みをして深く考え込んでしまう。水丸さんが書いておられるように、僕はあまり世間に顔を出さないので、偽者が横行してもなかなか見破られない。だからそういうことが起こるのを防ぐためにもがんばってテレビに出るかっていうと、もちろん出ないですけど。

もしあなたがどこかで「自分は村上春樹だ」と名乗る怪しい男を見かけたら、「じゃあ、気の利《き》いた比喩《ひゆ》をひとつ口にしてみろ」と言ってみて下さい。もし口にできなかったら、そいつは村上春樹ではありません。さんざん懲《こ》らしめてやって下さい。とはいえ、僕だってそんな状況に置かれたら、急にうまく比喩が思いつけないかもしれない。弱ったな。

ところで、水丸さんの偽者が出て、夜の街で悪さをしたというような話はまだ聞きません。たぶんご本人が自分でさんざん悪いことをしているので、偽者も今更出ようがないのでしょう……というのはもちろん冗談です。ほんとに。

しかし考えてみれば、もし偽和田誠とか、偽安西水丸とかが出てきても、「じゃあひとつ絵を描《か》いてみろ」と言えば、本ものか偽者かはすぐわかりますよね。そういう画でも絵を描く人は便利です。小説家は不便だ。


和田誠さんと同姓同名の人がいるという話（二一〇ページ）。僕も以前、FMラジオの番組表で、和田誠さんという人がDJをやっている番組を見つけて、「あれ、和田さんはDJまで始めたのかな」とちょっと驚いた記憶があります。でも、和田さんが音楽好きなのはもちろん知っていますが、さすがにFM局のDJまではやらないですよね。だから「たぶん同姓同名の人なんだろうな」と推測した。

僕にも同姓同名の人がいます。村上春樹さんという歴史研究者で、長いあいだ横浜市立戸塚高校で教鞭《きょうべん》をとられ、平将門《まさかど》についての研究書を何冊か出しておられます。出身も同じ早稲田大学で、同じ神奈川県民なので、ときどき混同される。あちらの村上春樹さんの方が十二歳年上なので、僕の方が気を利かして別の名前にすればよかったんでしょうが、当時はまだインターネットなんてなかったので、同姓同名にどんな人がいるか調べようがなかった。というわけで、僕が「平将門伝説」という本を書いているんだと思って、「へえ、どんなものだろう。村上春樹の新境地なのだろうか」と興味を持って、アマゾンなんかに注文して、本が届いてから「なんだ、これは？」というケースもあるようです。

どうせなら新境地を開くべく、平将門を主人公にした長編時代小説を実際に書いてみようかともときどき思うんだけど（いったいどんな話になるんでしょうね？）、そんなことをしたら話はますますややこしくなりそうなので、まだやっていません。しかしそのうちに本当にやるかもしれないので、通販で本を注文される方はくれぐれもご注意下さい。

ジャズの世界でもビル・エヴァンズというピアニストがいて、そのずっとあとにやはりビル・エヴァンズというサキソフォン奏者が出てきました。どちらもやはりマイルズ・デイヴィスのバンドに入っていたので、ときどき話がややこしくなります。こういう場合はあとから出てきた人が、ものごとが混同しないように、たとえばミドルネームを入れるとか、ちょっと何か工夫をしてくれると便利なんだけどなあと思う。とくに銀行振り込みが間違えられたりすると、すごく面倒なことになりますね（僕の場合まだそういうことはありませんが）。とはいえ、もちろん名前というのは本人にとってはとても大事なものだから、「いや、俺は絶対一字一句変えたくない」という人もおられるだろうし、むずかしい問題です。

でもこうして本を読み返してみると、和田さんにしても水丸さんにしても、文章が上手だなあとあらためて感心させられます。それぞれの画風と同じで、書き方がとても自然で、文章を書くという作業が、日々の生活の一部としてすんなり入ってしまっているような感じがあります。そのへんの下手な作家より……という言い方はよくないですね。僕もひょっとしたらそういうジャンルに放り込まれてしまうかもしれない。しかし考えてみると、文人画というジャンルはあるけど、画人文というのはないですね。どうしてだろう？

とにかく僕としては、和田さんとも水丸さんとも、かなり長いおつき合いだし、三人とも青山あたりをうろうろしているので、ときどき顔をあわせることになります。年に一度、和田さんと水丸さんの二人展が南青山の小さな画廊で開かれ、僕もワインを一本持参してオープニングにうかがい、そこで絵を拝見しながら楽しくお酒を飲み、あれこれ世間話をし、気に入った絵を買わせていただくというのを、ささやかな習慣にしています。なかなかいいものです。

でも、それはそれとして、もう居酒屋で飲んでいるときに、本のタイトル云々《うんぬん》の話は持ち出さないで下さいね。メニューにいつも適当な名前のつまみがあるとは限らないので。

（二〇一一年四月二十一日）

この後書きを書いたのがちょうど十年前のことになる。まだ新型コロナとか、そんなものもない、今から思えば平和な時代だった。和田さんも水丸さんもご存命で、僕らはときどき顔を合わせて、それなりにのんびり気楽な時を送っていた。「そういう時代もあったんだなあ」と思うと、なんだか不思議な気がする。

でもあっという間に――としか僕には思えない――二人とも亡くなられてしまった。お二人ともひとつの時代を画した優れたイラストレーターであり、僕にとってはちょっと年上の良き友人（のような存在）でもあった。そして困ったときには挿絵や装幀をお願いできる、得がたい仕事仲間でもあった。画風もキャラクターもそれぞれに異なるお二人だったが、僕は今でも「和田さんと水丸さん」みたいにひとつセットで考えてしまう。お二人の仲が親密だったということもあるけれど、和田さんや水丸さんと一緒にやってきたいろんな仕事が、僕にとっての「善き時代」としっかり結びついているからだと思う。

ご冥福をお祈りしたい。

（二〇二一年四月七日）

『青豆とうふ』「小説現代」二〇〇一年五月号～〇三年四月号連載
二〇〇三年九月　単行本　講談社刊
二〇一一年七月　新潮文庫

本書は、新潮文庫版を底本にしました。中公文庫版刊行にあたり、「『青豆とうふ』文庫版のおまけ」に加筆しました。

和田誠によるイラストレーションは多摩美術大学アートアーカイヴセンター蔵

中公文庫

青豆《あおまめ》とうふ

2021年5月25日　初版発行

著　者　和《わ》田《だ》　誠《まこと》
　　　　安《あん》西《ざい》水《みず》丸《まる》

発行者　松田陽三

発行所　中央公論新社
〒100-8152　東京都千代田区大手町1-7-1
電話　販売 03-5299-1730　編集 03-5299-1890
URL http://www.chuko.co.jp/

ＤＴＰ　ハンズ・ミケ
印　刷　大日本印刷
製　本　大日本印刷

Published by CHUOKORON-SHINSHA, INC.
Printed in Japan　ISBN978-4-12-207062-2 C1195

中公文庫既刊より

各書目の下段の数字はISBNコードです。978－4－12が省略してあります。

わ-25-1
装丁物語
和田　誠
絵を描き、文字を配し、用紙を選んで一冊を作り上げる。そのデザインの源泉は書物への深い愛着。星新一から村上春樹まで――惜しみなく披露する本作りの話。
206844-5

わ-25-2
ことばの波止場
和田　誠
戦時中の替え歌、落語に訳詞。しりとり、回文、アナグラム。マザーグースにクマのプーさん。長年かけてこつこつ集めた、大人が楽しいことばの遊び。
206887-2

い-35-19
イソップ株式会社
井上ひさし
和田　誠 絵
夏休み。いなかですごす二人の姉弟のもとに、毎日届く父からの手紙には、一日一話の小さな「お話」が書かれていた。物語が生み出す、新しい家族の姿。
204985-7

む-4-3
中国行きのスロウ・ボート
村上　春樹
1983年――友よ、ぼくらは時代の唄に出会う。中国人とのふとした出会いを通して青春の追憶と内なる魂の旅を描く表題作他六篇。著者初の短篇集。
202840-1

む-4-4
使いみちのない風景
村上春樹 文
稲越功一 写真
ふと甦る鮮烈な風景、その使いみちを僕らは知らない――作家と写真家が紡ぐ失われた風景の束の間の記憶。文庫版新収録の2エッセイ、カラー写真58点。
203210-1

む-4-9
Carver's Dozen　レイモンド・カーヴァー傑作選
カーヴァー
村上春樹 編訳
レイモンド・カーヴァーの全作品の中から、偏愛する短篇、エッセイ、詩12篇を新たに訳し直した〝村上版ベスト・セレクション〟。作品解説・年譜付。
202957-6

む-4-10
犬の人生
マーク・ストランド
村上春樹 訳
「僕は以前は犬だったんだよ」……とことんオフビートで限りなく繊細。村上春樹が見出した、アメリカ現代詩界を代表する詩人の異色の処女〈小説集〉。
203928-5

む-4-11
恋しくて TEN SELECTED LOVE STORIES
村上春樹 編訳

恋する心はこんなにもカラフル。海外作家のラブ・ストーリー＋本書のための自作の短編小説「恋するザムザ」を収録。各作品に恋愛甘苦度表示付。

206289-4

む-4-12
極北
マーセル・セロー
村上春樹 訳

極限の孤絶から、酷寒の迷宮へ。私の行く手に待ち受けるものは。この危機は、人類の未来図なのか――読み始めたら決して後戻りはできない圧巻のサバイバル巨編。

206829-2

あ-13-4
お早く御乗車ねがいます
阿川弘之

にせ車掌体験記、日米汽車くらべなど、日本のみならず世界中の鉄道に詳しい著者が昭和三三年に刊行した鉄道エッセイ集が初の文庫化。〈解説〉関川夏央

205537-7

あ-13-5
空旅・船旅・汽車の旅
阿川弘之

鉄道のみならず、自動車・飛行機・船と、乗り物全般に並々ならぬ好奇心を燃やす著者。高度成長期前夜の交通文化が生き生きとした筆致で甦る。〈解説〉関川夏央

206053-1

あ-13-6
食味風々録
阿川弘之

生まれて初めて食べたチーズ、向田邦子との美味談義、海軍時代の食事話など、多彩な料理と交友を綴る、自叙伝的食随筆。〈巻末対談〉阿川佐和子〈解説〉奥本大三郎

206156-9

あ-13-7
乗りもの紳士録
阿川弘之

鉄道・自動車・飛行機・船。乗りもの博愛主義の著者が、車内で船上で、作家たちとの楽しい旅のエピソードを、ユーモアたっぷりに綴る。〈解説〉関川夏央

206396-9

あ-13-8
完全版 南蛮阿房列車（上）
阿川弘之

北杜夫ら珍友・奇人を道連れに、異国の鉄道を乗りまくる。ユーモアと臨場感が満載の鉄道紀行。上巻は「欧州畸人特急」から「最終オリエント急行」までの十篇。

206519-2

あ-13-9
完全版 南蛮阿房列車（下）
阿川弘之

ただ汽車に乗るためだけに、世界の隅々まで出かけた紀行文学の名作。下巻は「カンガルー阿房列車」から「ピラミッド阿房列車」までの十篇。〈解説〉関川夏央

206520-8

各書目の下段の数字はISBNコードです。978－4－12が省略してあります。

あ-69-1
追悼の達人
嵐山光三郎
情死した有島武郎に送られた追悼は？　三島由紀夫の死に同時代の知識人はどう反応したか。作家49人に寄せられた追悼を手がかりに彼らの人生を照射する。
205432-5

あ-69-3
桃仙人 小説 深沢七郎
嵐山光三郎
「深沢さんはアクマのようにすてきな人でした」。斬り捨てられる恐怖と背中合わせの、甘美でひりひりした関係を通して、稀有な作家の素顔を描く。
205747-0

い-111-4
ちいさな桃源郷 山の雑誌アルプ傑作選
池内紀編
一九五八年に串田孫一と仲間たちが創刊した山の文芸誌『アルプ』。伝説の雑誌に掲載された傑作山エッセイをここに精選。〈編者あとがき〉池内紀
206501-7

お-10-8
日本語で一番大事なもの
大野晋
丸谷才一
国語学者と小説家の双璧が文学史上の名作を俎上に載せ、それぞれの専門から徹底的に語り尽くす知的興奮に満ちた対談集。〈解説〉大岡信／金田一秀穂
206334-1

か-56-12
昭和怪優伝 帰ってきた昭和脇役名画館
鹿島茂
荒木一郎、岸田森、川地民夫、成田三樹夫……。今なお眼に焼き付いて離れない昭和の怪優十二人を、映画狂・鹿島茂が語り尽くす！　全邦画ファン、刮目せよ！
205850-7

く-28-1
随筆 本が崩れる
草森紳一
数万冊の蔵書が雪崩となってくずれてきた。風呂場に閉じこめられ、本との格闘が始まる。共感必至の随筆集。単行本未収録原稿を増補。〈解説〉平山周吉
206657-1

て-2-3
ぼくが戦争に行くとき 反時代的な即興論文
寺山修司
寺山修司が混とんとする日本と対峙した随想集。現代社会にも警笛を鳴らす叫びでもある。個性ある文体で社会を論じた。待望の初文庫化！〈解説〉宇野亞喜良
206922-0

と-28-2
夢声戦中日記
徳川夢声
花形弁士から映画俳優に転じ、子役時代の高峰秀子らと共演した名優が、真珠湾攻撃から東京大空襲に到る三年半の日々を克明に綴った記録。〈解説〉濱田研吾
206154-5

ま-17-9
文章読本 丸谷才一
当代の最適任者が多彩な名文を実例に引きながら文章の本質を明かし、作文のコツを具体的に説く。最も正統的で実際的な文章読本。〈解説〉大野 晋
202466-3

ま-17-11
二十世紀を読む 丸谷才一 山崎正和
昭和史と日蓮主義から『ライフ』の女性写真家まで、皇女から匪賊まで、人類史上全く例外的な百年を、大知識人二人が語り合う。〈解説〉鹿島 茂
203552-2

ま-17-12
日本史を読む 丸谷才一 山崎正和
37冊の本を起点に、古代から近代までの流れを語り合う。想像力を駆使して大胆な仮説をたてる、談論風発、実に面白い刺戟的な日本および日本人論。
203771-7

ま-17-13
食通知つたかぶり 丸谷才一
美味を訪ねて東奔西走、和漢洋の食を通して博識が舌上に転がすは香気充庖の文明批評。序文に夷齋學人・石川淳、巻末に著者がかつての健啖ぶりを回想。
205284-0

ま-17-14
文学ときどき酒 丸谷才一対談集 丸谷才一
吉田健一、石川淳、里見弴、円地文子、大岡信ら一流の作家・評論家たちと丸谷才一が杯を片手に語り合う。最上の話し言葉に酔う文学の宴。〈解説〉菅野昭正
205500-1

み-9-9
作家論 新装版 三島由紀夫
森鷗外、谷崎潤一郎、川端康成ら作家15人の詩精神と美意識を解明。『太陽と鉄』と共に「批評の仕事の二本の柱」と自認する書。〈解説〉関川夏央
206259-7

み-9-10
荒野より 新装版 三島由紀夫
不気味な青年の訪れを綴った短編「荒野より」、東京五輪観戦記「オリンピック」など、〈楯の会〉結成前の心境を綴った作品集。〈解説〉猪瀬直樹
206265-8

み-9-11
小説読本 三島由紀夫
作家を志す人々のために「小説とは何か」を解き明かし、自ら実践する小説作法を披瀝する、三島由紀夫による小説指南の書。〈解説〉平野啓一郎
206302-0